Bouleversante proposition

KATE HEWITT

Bouleversante proposition

Azur

HARLEQUIN

Collection : Azur

Cet ouvrage a été publié en langue anglaise
sous le titre :
THE MARAKAIOS BABY

Traduction française de
LOUISE LAMBERSON

HARLEQUIN
83-85, boulevard Vincent-Auriol, 75646 PARIS CEDEX 13
Service Lectrices — Tél. : 01 45 82 47 47

www.harlequin.fr

ISBN 978-2-2803-4357-2 — ISSN 0993-4448

1.

— Veux-tu m'épouser, Margo ?

Marguerite Ferrars contempla avec stupeur celui qui venait de prononcer ces mots. Leonidas Marakaios, son amant.

Il la regardait, un demi-sourire aux lèvres, tenant à la main un petit écrin de velours noir où étincelait un diamant qui devait valoir une fortune.

Il haussa légèrement un sourcil.

— Margo ?

Sans doute attribuait-il son silence à une sorte d'ébahissement. Ce qui était le cas, mais Margo se sentait surtout horrifiée. Terrifiée, même.

Jamais elle ne se serait attendue à ce qu'un play-boy charismatique comme Leo envisage de se marier. De s'engager pour la vie.

Le silence s'alourdissait et pourtant Margo ne disait toujours rien. Parce que, si elle ne pouvait dire « oui », refuser lui paraissait tout aussi impossible. Leo Marakaios n'était pas homme à accepter un refus, un rejet.

Les sourcils froncés, il posa le petit écrin sur ses genoux.

— Leo…, commença-t-elle enfin.

Comment dire « non » à cet homme au charme irrésistible, à la somptueuse beauté virile ? Cependant, il le fallait.

— Je ne pensais pas que tu serais surprise à ce point, dit-il, une pointe d'irritation dans la voix.

Ses paroles la firent frémir de colère, mais en même temps elle se sentit presque soulagée.

— Vraiment ? Nous n'avons jamais entretenu de relation qui…

— Qui… ? fit-il avec impatience.

Il se fermait, comprit Margo. Mais, au lieu de s'en réjouir, elle se sentit envahie par une profonde tristesse.

— qui… puisse nous mener quelque part, acheva-t-elle.

— Je vois, répliqua Leo en faisant claquer le couvercle du petit écrin noir.

— Nous n'avons jamais parlé d'avenir, Leo, se justifia Margo, la gorge nouée.

— Vu que nous nous fréquentons depuis deux ans, je trouve logique d'avoir pensé que cela nous menait quelque part.

Ses yeux gris étincelaient d'éclats argentés, brûlants et glacés à la fois. Leo semblait très froid, à présent, voire condescendant. Alors que, quelques instants plus tôt, il lui avait demandé de l'épouser. Mon Dieu, c'était presque risible…

— Oui, acquiesça-t-elle, nous nous voyons depuis deux ans, mais nous ne pouvons pas dire que nous ayons entretenu ce qu'on appelle une relation de couple. Nous nous retrouvons dans des villes étrangères, des restaurants, des hôtels…

— C'est toi qui as voulu qu'il en soit ainsi.

— Toi aussi. Nous avions décidé de vivre une liaison, Leo. Une aventure sans lendemain.

— Qui dure depuis deux ans.

Margo se leva de son fauteuil et se dirigea vers la baie vitrée. C'était si étrange que Leo soit là, chez elle, dans son appartement de l'île de la Cité. Son refuge, son sanctuaire. C'était la première fois qu'il y venait. D'habitude, ils se rencontraient dans des endroits anonymes pour y partager des moments de pur plaisir, sans aucun engagement d'aucune sorte. Comme ils en avaient décidé ensemble.

De son côté, elle ne pouvait de toute façon envisager autre chose. Ç'aurait été trop risqué.

— Tu as l'air troublée, fit remarquer Leo d'une voix neutre.

— Je ne m'y attendais pas, c'est tout.

— A vrai dire, moi non plus.

Quand elle se retourna, il se leva à son tour, sa haute silhouette emplissant tout l'espace. Leo semblait déplacé, dans l'environnement confortable qu'elle s'était créé. Il était trop grand, trop ténébreux, trop puissant…

— Je pensais que la plupart des femmes souhaitaient se marier, poursuivit-il.

Une nouvelle bouffée de colère donna à Margo la force dont elle avait besoin.

— C'est vraiment ridicule, et sexiste, comme supposition ! Et, en plus, je ne suis pas la plupart des femmes.

— Non, en effet !

Un frisson d'excitation la parcourut. C'était du désir qui brillait maintenant dans les yeux de Leo. Elle repensa au soir où, deux ans plus tôt, elle l'avait aperçu au bar de l'hôtel, à Milan. Elle était descendue dans l'intention de boire un verre en repassant les notes qu'elle avait rédigées en vue de la réunion du lendemain.

Leo s'était avancé vers le bar de sa démarche souple, féline, et s'était installé sur un haut tabouret, à côté du sien. L'alchimie avait été immédiate, entre eux. Electrique. Margo avait frémi, de la tête aux pieds. Elle avait eu l'impression de redevenir enfin vivante.

Ensuite elle l'avait suivi dans sa chambre, ce qui ne lui ressemblait pas du tout. En effet, elle demeurait en permanence sur ses gardes, protégeant son cœur sous une épaisse couche de glace. A vingt-neuf ans, elle n'avait eu que deux amants avant Leo, dont elle gardait des souvenirs flous et insipides. Aucun des deux ne l'avait touchée comme Leo. Et pas seulement physiquement.

Dès la première nuit, il l'avait atteinte dans un endroit

qu'elle avait cru insensible, mort. Il l'avait ramenée à la vie. Et, consciente du danger que représentait une liaison avec Leo, elle avait accepté car la pensée de ne plus le voir lui paraissait insoutenable.

Margo avait cru que son fabuleux amant ne lui demanderait jamais davantage que ce qu'elle était prête à lui accorder. Et voilà qu'il lui demandait de l'épouser, de s'engager avec lui à vie, un scénario qui l'emplissait d'une terreur insurmontable.

Cependant, c'était une proposition d'une tout autre nature qu'il avait maintenant à l'esprit, comprit-elle en voyant ses yeux gris s'assombrir. Le désir exsudait de Leo, de ce corps sensuel et musclé qu'elle connaissait presque aussi bien que le sien.

— Leo…

— Tu me surprends, Margo.

Elle se passa la langue sur les lèvres.

— C'est toi qui me surprends.

— De toute évidence. Tu ne veux pas te marier ?

A l'entendre, cela paraissait si simple, si raisonnable…

— Non.

— Pourquoi ? répliqua-t-il en posant la main sur son bras nu.

— Ma carrière passe avant tout, Leo.

Ses doigts remontèrent vers son épaule, redescendirent vers le poignet.

— Cela ne t'empêche pas de te marier. Nous sommes au XXIe siècle, pas au Moyen Age.

— Ah ? Et comment envisages-tu la chose, exactement ? Tu vis en Grèce, au milieu de nulle part…

— Tu pourrais faire la navette. Athènes n'est qu'à trois heures de vol de Paris.

— Faire la navette ? répéta Margo en roulant des yeux. Tu parles sérieusement ?

— Si c'est ça qui t'arrête, nous trouverons une solution.

Leonidas Marakaios réagissait en P-DG. Celui de

Marakaios Enterprises, l'entreprise familiale que son père avait créée en partant de rien. Après avoir acquis un lopin de terre, lui avait raconté Leo, ce dernier avait planté des oliviers et acheté un pressoir, puis agrandi peu à peu sa petite affaire qui avait maintenant acquis une dimension internationale.

Par ailleurs, Leo était un homme du monde, sûr de lui et prêt à tout pour obtenir ce qu'il désirait. Et, comme il désirait Margo, il cherchait à abattre ses défenses, à réduire à néant ses arguments. Et le problème, c'était qu'elle se sentait si faible, si tentée, qu'il risquait d'arriver à ses fins.

Margo se détourna en essayant de calmer les battements désordonnés de son cœur et vit son reflet sur la vitre. Elle discerna un visage trop pâle, des yeux sombres, et une rivière de cheveux bruns lui tombant presque jusqu'à la taille.

Lorsque Leo était arrivé une vingtaine de minutes plus tôt, il l'avait surprise en pantalon de yoga et vieux T-shirt, sans aucun maquillage. Sans son armure. Jusque-là, Margo avait toujours veillé à ce qu'il ne voie que la femme qu'elle voulait qu'il voie : sensuelle, chic, professionnelle, un peu distante, un peu froide. Toutes leurs rencontres avaient été orchestrées avec soin ; elle était toujours apparue à Leo parfaitement maquillée, élégante. Dans son sac, elle avait toujours un petit négligé sexy.

Il ne l'avait jamais vue ainsi : vulnérable, sans masque, sans la protection de ses vêtements de créateur. Il ne l'avait jamais vue troublée et hésitante, désemparée…

— Margo, dit-il avec calme. Donne-moi la vraie raison.

— Je te l'ai donnée. Je ne veux pas de mariage, ni de la vie que cela implique. Rien que la perspective de devenir femme au foyer m'ennuie à mourir.

Redressant les épaules, Margo se retourna vers lui et frémit en découvrant son regard pénétrant dardé sur elle. Apparemment, Leo n'était pas dupe.

— Je ne t'ai jamais imaginée en femme au foyer. Crois-tu que je veuille te changer ?

— Tu ne me connais même pas, Leo.

Quand il fit un pas vers elle, Margo reconnut l'éclat vibrant au fond de ses yeux. Sans le faire exprès, elle venait de le provoquer.

— Tu en es sûre ?

— Je ne parlais pas de sexe.

— Qu'est-ce que je ne connais pas, alors ?

— Ce n'est pas aussi simple.

— Parce que tu ne veux pas que cela le soit. Je te connais, Margo. Je sais que tu as les pieds froids la nuit et que tu les glisses entre mes jambes pour les réchauffer. Que tu aimes les marshmallows, même si tu prétends ne jamais manger de sucreries.

A ces mots, elle eut du mal à ne pas éclater de rire.

— Comment sais-tu que je mange des marshmallows ?

— J'en ai trouvé un jour un petit sachet dans ton sac à main.

— Tu as fouillé dans mes affaires !

— Tu m'avais demandé de t'apporter ton portable.

Margo hocha la tête en silence, frappée de constater le degré d'intimité qu'ils avaient atteint. Elle avait cru conserver ses distances alors qu'en réalité Leo avait pris une place de plus en plus importante dans sa vie, sans même qu'elle s'en rende compte. Elle était en train de tomber amoureuse de lui…

L'espace d'une seconde, pas plus, Margo songea à accepter sa proposition. A vivre une vie à laquelle elle n'avait jamais songé, qu'elle n'avait jamais désirée. Une vie heureuse, mais assortie d'un risque terrible : celui de perdre, de souffrir, d'avoir le cœur brisé. De s'effondrer et de ne plus jamais retrouver son intégrité.

— Non, Leo.

Le petit sourire moqueur revint ourler sa belle bouche sensuelle, mais une lueur froide avait envahi son regard.

— Tu refuses, juste comme ça ?

— Juste comme ça.

— Tu ne crois pas que je mérite — que nous méritons — de plus amples explications ?

— Non, pas vraiment, répondit-elle d'un ton désinvolte.

La lueur froide disparut, remplacée par un éclat courroucé.

— Tu me caches quelque chose, répliqua Leo en inclinant légèrement la tête.

— Bien sûr ! s'exclama-t-elle avec un petit rire creux.

— Comment dois-je interpréter ça ?

— Tu ne peux pas croire que je refuse ta proposition, évidemment ! Toi, le play-boy irrésistible qui a fait craquer la moitié des femmes de l'Europe entière !

— Tu exagères : disons 40 %.

Le mélange d'assurance et d'humour avec lequel il avait prononcé ces mots faillit causer la perte de Margo.

— Et tu ne m'as pas résisté, en tout cas, ajouta-t-il.

— Parce que je voulais vivre une aventure, riposta-t-elle en redressant le menton. Une liaison purement physique, sans engagement.

— Nous n'avons jamais…

— Mais si ! l'interrompit-elle. Tu ne te souviens pas de notre première conversation ? Nous avons établi des règles, Leo, dès le départ.

Il plissa les yeux, comme s'il reconnaissait malgré lui qu'elle avait raison mais ne pouvait l'admettre à voix haute.

— Jamais je n'aurais imaginé que tu souhaiterais te marier ! poursuivit Margo.

— Eh bien, j'ai décidé de le souhaiter, répliqua-t-il en haussant les épaules. On change, Margo. J'ai trente-deux ans, toi vingt-neuf. Alors oui, j'envisage de me poser… d'avoir des enfants.

D'un coup, Margo eut l'impression que le plancher s'ouvrait sous ses pieds.

— C'est là que nous divergeons, Leo, dit-elle avec un calme surprenant. Je ne veux pas d'enfants.

— Jamais ? répliqua-t-il d'un air surpris.

— Non, jamais.

Il la regarda un long moment d'un air songeur.

— Tu as peur.

— Cesse de me dire ce que je ressens ! rétorqua-t-elle en s'efforçant d'empêcher sa voix de trembler. Je n'ai pas peur, Leo. Nous ne désirons pas la même chose, c'est tout. Je ne veux pas t'épouser et…

Elle prit une profonde inspiration, puis lâcha :

— Et je ne t'aime pas.

A ces mots, Leo se raidit légèrement.

— Je ne t'aime pas non plus. Mais il y a de meilleures bases pour un mariage que des sentiments éphémères.

— Quoi, par exemple ?

— Des buts communs…

— Quel romantisme !

— Cela ne te suffit pas ?

— Non !

Une fois encore, il resta silencieux à l'observer, d'un air beaucoup trop perspicace au goût de Margo.

— Alors, c'est fini ? demanda-t-il enfin d'une voix douce.

— Oui.

Elle avait parlé fermement, mais son trouble dut transparaître sur ses traits car Leo s'approcha d'elle et prit son visage entre ses mains.

— Tu en es bien sûre ? murmura-t-il en lui caressant les lèvres du pouce.

Au prix d'un effort surhumain, Margo se força à soutenir son regard, à ne rien ressentir.

— Oui.

Leo laissa descendre une main sur sa gorge, puis la referma sur son sein, en caressa la pointe durcie. Cette fois, Margo ne put réprimer un frémissement.

— Tu n'en as plus l'air aussi sûre, murmura-t-il.

— Nous nous entendons bien sexuellement, rien de plus…

— C'est déjà beaucoup.

Sa main glissa sur sa taille, s'arrêta sur l'arrondi de sa hanche.

— Peut-être, mais cela ne suffit pas non plus, répliqua-t-elle dans un souffle.

Elle brûlait de creuser les reins pour s'offrir à ses caresses, mais ne bougea pas.

— Il te faut de l'amour en plus, c'est ça ? demanda-t-il en la regardant dans les yeux.

— Pas avec toi.

La main posée sur sa hanche parut soudain glacée à Margo. Mais elle se força à continuer.

— Je ne t'aime pas, Leo, et je ne t'aimerai jamais. Je te le répète : je ne t'ai jamais considéré autrement que comme un amant de passage. Je n'ai jamais envisagé que notre aventure se transforme en quelque chose de sérieux.

Quand elle laissa échapper un rire aigu et dur, Leo ôta sa main de sa hanche.

— Le plus drôle, enchaîna-t-elle, c'est que tu me proposes le mariage alors que j'avais prévu de rompre... Je comptais te le dire le week-end prochain, à Rome.

Après avoir rassemblé son courage, Margo assena le coup fatal.

— En fait, je vois quelqu'un d'autre.

Il la regarda durant un long moment. Un muscle tressaillit dans sa mâchoire.

— Depuis combien de temps ? finit-il par demander sèchement.

— Quelques mois, répondit-elle avec nonchalance.

— Quelques mois ?

— Je ne me croyais pas astreinte à la fidélité.

— Je t'ai toujours été fidèle, assura-t-il.

— Je ne t'ai jamais demandé de l'être, riposta-t-elle.

A vrai dire, Margo avait du mal à croire que Leo soit dupe. Ne voyait-il pas qu'elle tremblait ?

Soudain, un petit sourire froid remonta le coin de sa belle bouche virile.

— Dans ce cas, c'est vraiment fini…

Puis, sans lui laisser le temps de réagir, il l'enlaça et l'embrassa.

Margo ne s'était pas attendue à cela, à la pression de ses lèvres sur les siennes, au délicieux assaut qui incendiait tous ses sens, en dépit de ses efforts pour y résister.

Mais elle n'avait jamais pu résister à Leo. D'autant que sa langue explorait déjà sa bouche, que ses mains lui caressaient les reins, leurs deux corps s'ajustant à la perfection.

Elle répondit à son baiser, s'abandonnant aux sensations vertigineuses qui l'étourdissaient. Leo glissa les mains sous son T-shirt, puis écarta sa bouche de la sienne pour le lui ôter. Et lorsque son pantalon de yoga descendit sur ses chevilles, Margo le repoussa d'un coup de pied, impatiente d'être nue pour son merveilleux amant. Pour Leo.

Lentement, il déboutonna sa chemise, sans jamais détacher son regard du sien. Des éclats de vif-argent irradiaient de ses yeux, impérieux, prédateurs. Mais cela ne refroidit en rien l'ardeur de Margo. Prenait-il sa revanche ? La punissait-il ? Ou lui prouvait-il seulement qu'elle le désirait encore ? Peu importait. Elle s'en moquait. Car ce serait la dernière fois qu'elle le tiendrait dans ses bras, qu'elle le sentirait en elle…

Leo se débarrassa de sa chemise, révélant ses abdominaux superbes et la toison brune qui disparaissait en pointe sous la ceinture du pantalon. Mais, lorsque, nu lui aussi, il reprit Margo dans ses bras, ce fut en un geste plus possessif que sensuel. Et quand il l'embrassa, elle se sentit marquée. Peut-être à vie.

Sans quitter sa bouche, il la poussa vers la baie vitrée, lui appuya le dos contre la vitre froide puis, sans le moindre préliminaire, la pénétra.

Mais Margo était prête à l'accueillir, et elle enroula aussitôt ses jambes autour de sa taille pour l'attirer plus profondément en elle.

Une tornade emporta tous ses sens tandis que Leo plantait ses yeux dans les siens.

— Tu ne m'oublieras pas, dit-il avec assurance.

Il avait raison, songea-t-elle, aveuglée par la jouissance qui, déjà, la submergeait. Le corps de Leo trembla contre le sien, elle sentit sa semence se répandre en elle, puis il se retira, la laissant chancelante et haletante contre la vitre.

L'esprit vide, Margo le regarda se rhabiller en silence. De son côté, elle se sentait incapable d'articuler une phrase, de prononcer un mot.

Tout en renfilant sa veste, Leo sortit du salon sans un seul regard en arrière. Ce ne fut que lorsque la porte d'entrée se referma avec un petit clic qui fit frémir douloureusement Margo qu'elle se laissa choir sur le plancher, avant de ramener ses genoux contre sa poitrine, le corps tremblant encore de sa brève étreinte avec Leo.

Il était parti. Pour toujours.

2.

Leo sortit furieux de l'appartement, et dès qu'il se retrouva dans la rue, jeta le petit écrin de velours dans la première poubelle venue. C'était stupide, c'était un gaspillage absurde, mais il ne pouvait supporter de voir cette fichue bague un seul instant de plus, ni même de l'avoir dans sa poche.

Avec un juron étouffé, il se passa la main dans les cheveux dans l'espoir de chasser sans pitié toute trace de l'émotion qui avait bien failli le submerger quelques instants plus tôt. Il rejeta tout en bloc. Margo ne faisait plus partie de sa vie, désormais. Il ne penserait plus jamais à elle.

Et puis, ce n'était pas comme s'il l'avait aimée. Elle avait eu raison, sur ce point. Il l'appréciait, certes, et ils avaient partagé des étreintes fabuleuses, explosives. Aussi avait-il pensé tout naturellement à elle quand il avait décidé que le moment était venu de se marier.

Six mois plus tôt, juste après la mort de leur mère, Antonios avait démissionné de son poste de P-DG, laissant son frère cadet diriger Marakaios Enterprises. C'était ce que Leo avait toujours désiré, ce pour quoi il s'était battu jeune homme, travaillant presque jour et nuit pour un père qui ne l'avait même jamais remarqué. Qui lui avait préféré Antonios, encore et toujours.

Mais Leo avait dépassé cela, à présent. Il avait fait la paix avec Antonios, et son père était décédé depuis déjà dix ans. Et, après la mort de sa mère, il avait eu envie de se marier, de fonder une famille, de créer sa propre dynastie.

Or Margo ne désirait même pas d'enfants.

Comment ne l'avait-il pas soupçonné ? Pourquoi n'avait-il pas réalisé qu'elle lui était infidèle, qu'elle ne possédait aucun principe, aucun scrupule ? Elle l'avait trompé, bon sang ! Leo arrivait à peine à le croire. Ils s'étaient vus régulièrement, en moyenne tous les quinze jours, et leurs rencontres avaient toujours été si intenses…

Mais pourquoi aurait-elle menti ? Non, c'était vrai : elle avait un autre amant.

Dire qu'il lui avait demandé de l'épouser, qu'il avait essayé de la convaincre, incapable d'imaginer qu'elle puisse ne pas vouloir de lui… Leo ferma les yeux, envahi par un profond sentiment de honte.

Très bien, c'était dit. Il ne se marierait pas, point final. Ou, s'il s'y résolvait, ce serait uniquement pour avoir un héritier. Et il s'agirait d'un mariage dépourvu de tout engagement émotionnel, une sorte de transaction des plus élémentaires. Et il ne reverrait plus jamais Margo, avec ses pieds froids et ses marshmallows…

Pour la troisième fois de la matinée, Margo sentit son estomac se soulever. Elle posa la main sur son ventre et ferma les yeux en se forçant à respirer calmement. Ce virus qui ne se décidait pas à s'en aller commençait à la handicaper sérieusement… Cela faisait plus d'une semaine qu'elle était sujette à ces nausées, sans être vraiment malade, heureusement.

— Ça va ?

Margo rouvrit les yeux et vit Sophie, sa collègue et amie, la regarder en fronçant les sourcils.

Elles travaillaient ensemble depuis six ans, comme responsables des achats, pour tout ce qui était décoration maison du côté de Margo, et accessoires de mode pour

Sophie. Cependant, alors que Margo avait démarré tout au bas de l'échelle comme simple stagiaire à l'âge de seize ans, Sophie avait débuté au Grand Marché juste après avoir décroché son diplôme d'études commerciales supérieures.

— Oui, ça va. Mais je ne me sens pas très bien, ces jours-ci.

— Si je ne te connaissais pas, je m'inquiéterais pour toi…, répliqua Sophie avec un sourire moqueur.

— Qu'est-ce que tu entends par là, au juste ? riposta Margo, un peu irritée.

Depuis un mois — depuis le départ de Leo —, elle n'était pas à prendre avec des pincettes. Et, même si elle était convaincue que c'était mieux ainsi, elle ne pouvait s'empêcher de se sentir blessée, et vide.

— Eh bien, je penserais que tu es enceinte. Mais c'est impossible.

— Bien sûr que oui ! répliqua Margo d'un ton vif.

Un soir, autour d'une bouteille de vin, elles s'étaient confié leur désir réciproque de rester célibataire et de vivre en solitaire, sans risques et sans complications. C'était du moins ce qu'envisageait Margo, qui soupçonnait que Sophie n'était pas aussi résolue qu'elle à vivre seule toute sa vie.

— Je prends une minipilule, poursuivit-elle.

— Tu n'as pas oublié de la prendre, au moins ?

— Non, je ne l'oublie jamais.

Margo se concentra sur son écran d'ordinateur où apparaissait une sélection de housses de coussins de soie artisanaux confectionnés en Turquie. Mais, en même temps, elle se repassait mentalement sa dernière rencontre avec Leo. Elle avait bien pris sa pilule ce matin-là, et le lendemain aussi.

— Alors c'est sans doute une gastro ou quelque chose dans ce genre, soupira Sophie.

Margo l'écoutait à peine. Le lendemain matin, elle l'avait prise un peu plus tard. N'arrivant pas à trouver le sommeil après le départ de Leo, elle avait pris un sédatif à base de plantes au milieu de la nuit et avait dormi huit heures d'affilée si bien qu'elle s'était réveillée vers 11 heures, c'est-à-dire trois heures après le moment où elle prenait d'habitude sa pilule…

Non, c'était impossible. Elle ne pouvait pas être enceinte.

Et si ce retard suffisait à… Margo laissa échapper un rire nerveux, presque hystérique, qui fit sursauter Sophie, installée en face d'elle dans le bureau qu'elles partageaient.

— Margo… ?

— Je repensais à ta supposition et je me disais qu'elle était vraiment ridicule…

Ensuite, elle se concentra sur ses housses de coussins jusqu'à l'heure du déjeuner. Dès que Sophie se leva en lui demandant si elle voulait l'accompagner, Margo répondit qu'elle avait une course urgente à faire et s'éclipsa.

Quelques minutes plus tard, elle entrait dans une pharmacie suffisamment éloignée du Grand Marché.

Après s'être assurée qu'aucune personne de sa connaissance ne s'y trouvait, elle s'avança vers le comptoir et acheta un test de grossesse sans regarder le vendeur. Puis elle fourra le sachet en papier dans son sac et quitta la pharmacie à la hâte.

De retour au bureau, Margo gagna les toilettes, heureusement désertes, et s'arrêta un instant devant le miroir couvrant tout un mur. Elle contempla le reflet d'une femme élégante et sûre d'elle. Pour travailler, elle se maquillait peu : un simple trait d'eye-liner, du rouge à lèvres et un peu de poudre. Ses cheveux étaient rassemblés en un chignon souple et elle portait une jupe crayon noire avec un chemisier de soie gris perle. Elle était impeccable. En apparence.

Après avoir pris une profonde inspiration, elle sortit le sachet de son sac, puis alla s'enfermer dans une cabine. Margo lut les instructions deux fois, effectua le test et, les yeux rivés à sa montre, attendit les trois minutes requises. A la seconde où la grande aiguille atteignit le douze pour la troisième fois, elle retourna le test, et vit deux lignes rose vif.

Positif ! Elle était enceinte… de Leo.

Durant quelques instants, Margo se retrouva incapable de penser, de respirer. Tout vacilla autour d'elle, puis s'obscurcit. Se forçant à se concentrer sur sa respiration, elle se ressaisit et sortit de la cabine.

Machinalement, elle enveloppa le test dans une serviette en papier qu'elle jeta dans la poubelle, se lava les mains et retoucha son maquillage. Elle réfléchirait à ce qui lui arrivait plus tard. Pour l'instant, elle ne pouvait pas se le permettre.

Margo se réinstalla à son bureau en ignorant le regard interrogateur de Sophie et travailla sans interruption jusqu'à 18 heures. Elle réussit à répondre au téléphone, participa à une réunion, et plaisanta même avec ses collègues.

Mais tout le temps elle entendait un bourdonnement dans sa tête.

Tu es enceinte. De Leo.

— Ça te dirait d'aller boire un verre ? demanda Sophie quand elles eurent éteint leurs ordinateurs.

— Je ne…, commença Margo avec l'intention de refuser.

Mais, d'un autre côté, elle ne pouvait supporter la perspective de rentrer chez elle et de passer la soirée seule, en tête à tête avec cette nouvelle qui lui faisait l'effet d'une bombe dont le compte à rebours s'était enclenché inexorablement dans son ventre.

— Pourquoi pas ? reprit-elle d'un ton désinvolte en enfilant sa veste.

Il faisait encore chaud en ce début de septembre, et les gens sortant des bureaux se mêlaient aux touristes flânant sur les Champs-Elysées. Une fois arrivées devant la terrasse de l'un de leurs cafés préférés, un bar à vin situé dans une petite rue adjacente, Sophie demanda :

— Rouge ou blanc ?

Après avoir hésité un instant, Margo s'assit en secouant la tête.

— Je prendrai juste de l'eau gazeuse. Je crois que c'est plus prudent vu l'état de mon ventre.

Sophie la regarda un instant d'un air surpris.

— Très bien.

S'appuyant à son dossier, Margo regarda les gens passer sans vraiment les voir. Ils rentraient chez eux, ou allaient boire un verre dans un autre bar. Ils avaient des projets, des vies bien remplies…

Quelques heures plus tôt, elle était comme eux, du moins en apparence. Elle présentait au monde une image de femme sûre d'elle, sophistiquée, professionnelle. Une femme ayant tout ce qu'elle désirait. Alors qu'en fait il ne s'agissait que d'une façade fragile. Mais personne n'en savait rien.

Et, à présent, la façade menaçait de s'écrouler. Parce qu'elle était enceinte. D'instinct, Margo posa la main sur son ventre plat, imaginant la petite vie enfouie en elle, minuscule…

— Alors, qu'est-ce qui se passe ? demanda Sophie en revenant avec leurs boissons.

Margo prit le verre qu'elle lui tendait.

— De quoi parles-tu ?

— Tu es bizarre, aujourd'hui. Et, cet après-midi, tu n'as pas décroché un mot… On dirait que tu es ailleurs…

— Je travaillais.

Sophie se contenta de hausser les sourcils. Elle la connaissait trop bien pour avaler ça…

Histoire de gagner un peu de temps, Margo porta son verre à ses lèvres et avala une gorgée d'eau pétillante.

— Tout va bien ? demanda Sophie, avec une sollicitude sincère qui ébranla Margo.

Elle n'avait pas beaucoup d'amis. Elle connaissait pas mal de monde, certes, principalement des collègues, ou des gens qu'elle était amenée à fréquenter pour une raison ou une autre. Mais sans jamais laisser quiconque l'approcher de trop près. Parce que la solitude était plus sûre, et qu'elle ne méritait peut-être pas autre chose.

Si elle avait accepté d'épouser Leo, il aurait été là.

— Margo ? insista Sophie, l'air franchement inquiet.

Margo inspira à fond.

— En fait… je suis bel et bien enceinte.

Son aveu la surprit elle-même. Elle n'avait pas prévu de se confier à Sophie, mais, maintenant que c'était fait, elle ressentit un immense soulagement de pouvoir partager son fardeau. Même si son amie la regardait d'un air ahuri.

— Tu parles sérieusement ? Mais…

— J'ai fait un test tout à l'heure, pendant la pause déjeuner.

Sophie secoua la tête.

— Je ne savais même pas que tu voyais quelqu'un de façon régulière…

— Ce n'était pas le cas. C'était juste… une aventure. Il vit en Grèce.

— Et… tu le lui as dit ?

— Sophie, j'ai fait le test ce midi ! protesta Margo avec un petit rire nerveux.

Sophie prit une gorgée de vin rouge.

— Je vois…

Elle reposa son verre sur la table.

— Tu n'as pas encore bien assimilé la nouvelle, je suppose…

Un soupir las échappa à Margo tandis qu'elle se passait la main sur le front.

— A vrai dire, je n'ai même pas commencé à l'assimiler.

— Je n'aurais pas pensé que tu désirais avoir des enfants.

— Je n'en voulais pas. Et je n'en veux toujours pas…

Lorsque Sophie baissa les yeux en haussant les sourcils, Margo se rendit compte qu'elle avait de nouveau posé la main sur son ventre. Aussitôt, elle l'écarta en se forçant à sourire.

— Je ne sais pas ce que je veux, avoua-t-elle en soupirant.

— Et ça fait longtemps que tu es avec le père, le Grec ?

— Deux ans.

— Deux ans ? Et tu ne m'en as jamais parlé ? Pourquoi, Margo ?

Pourquoi ? Sans doute parce qu'elle avait eu peur que Sophie n'accorde trop d'importance à sa relation avec Leo.

— C'était juste une aventure, répéta-t-elle, sans grande conviction.

A ces mots, Sophie éclata de rire.

— Une aventure à long terme…

— Oui, en quelque sorte… De toute façon, tout est fini entre nous. Complètement, précisa-t-elle en fixant son verre. Et ça ne s'est pas très bien terminé.

— Si tu envisages de garder le bébé, il faut que tu le mettes au courant.

Margo tressaillit. Comment aurait-elle pu l'annoncer à Leo après ce qu'elle lui avait dit la dernière fois qu'ils s'étaient rencontrés ? Il ne croirait jamais que l'enfant était de lui.

— Je ne peux pas prendre de décision maintenant. Je suis trop… chamboulée. Et puis, j'ai le temps.

— Si tu ne comptes pas le garder, il vaut mieux ne pas attendre trop longtemps.

— Oui, je sais…

Une IVG aurait probablement été la solution logique. Et pourtant, au plus profond de son être, Margo refusait cette éventualité. De toutes ses forces.

Elle ne s'était pas attendue à cet ébranlement total. A ressentir cet infime frémissement d'espoir poindre dans son cœur. Fragile, incertain, mais vivace. Un bébé. A elle. Une seconde chance…

— Mais c'est vrai que tu as le temps, concéda Sophie en se penchant pour lui tapoter la main. Ne prends pas de décision précipitée, surtout.

— Non, je vais réfléchir calmement, promit Margo.

Cependant, ses pensées tourbillonnaient dans sa tête. Si elle décidait de garder son enfant, elle devrait en parler à Leo. La croirait-il ? Voudrait-il s'impliquer ?

Une heure plus tard, elle quitta Sophie et prit le métro pour rentrer chez elle. Et, quand elle se retrouva dans la petite entrée de l'appartement situé au dernier étage de l'immeuble XVIIIe, avec sa table au plateau de marbre et son porte-parapluie ancien, Margo sentit ses épaules se relâcher un peu. Là, dans le refuge qu'elle s'était créé avec amour, le seul qu'elle eût jamais connu, elle était en sécurité.

Après s'être fait couler un bain parfumé, elle s'immergea dans la baignoire et ferma les yeux en essayant de faire le vide dans son esprit. Mais les mêmes pensées revenaient l'assaillir. Un bébé. Comment concilier carrière et maternité ? Elle n'aurait droit qu'à seize semaines de congé, or embaucher une nounou coûtait cher, à Paris. Margo gagnait bien sa vie mais elle ne pourrait garder son appartement et payer quelqu'un pour s'occuper de son enfant à plein temps.

Cependant, les aspects matériels de la situation étaient loin d'être les plus terrifiants. Le pire restait les conséquences émotionnelles. Un enfant, un petit être dont elle serait entièrement responsable, qui dépendrait d'elle, pour tout…

Une personne à aimer. Et à perdre. Encore une fois.

Et puis, il y avait Leo, bien sûr. Il refuserait peut-être de la voir, ou de l'entendre. Et, s'il acceptait… comment réagirait-il ? Parviendraient-ils à trouver un arrangement, à se mettre d'accord sur une garde partagée ? Et était-ce ce qu'elle désirait pour son fils ou sa fille ? Qu'il soit ballotté entre des parents qui se détestaient ?

Soudain épuisée, Margo sortit de la baignoire. Elle n'avait vraiment pas la force d'y réfléchir davantage pour l'instant. Ni de prendre aucune décision.

3.

— Quelqu'un désire vous voir, Leo.

Il leva les yeux de son écran et regarda son assistante d'un air surpris.

— Qui est-ce, Elena ? Je n'ai pas de rendez-vous ce matin.

— Une femme. Elle n'a pas voulu donner son nom, mais elle dit que c'est important.

Leo fronça les sourcils. Son bureau se trouvant dans la propriété familiale, en plein cœur de la Grèce, aucun visiteur ne se présentait jamais à l'improviste.

— Et pourquoi a-t-elle refusé de donner son nom ?

— Je n'en sais rien. Mais elle est élégante et s'exprime bien, en anglais. Alors j'ai pensé que peut-être…

Voyant son assistante rougir, Leo comprit : Elena pensait que cette femme pourrait être l'une de ses maîtresses. Sauf qu'il n'en avait pris aucune depuis plus de quatre mois — depuis sa dernière rencontre avec Margo.

Et il doutait fortement que Margo soit venue de Paris pour le voir, au milieu de nulle part, songea-t-il avec un petit sourire cynique. De toute façon, cette période de sa vie était définitivement révolue.

— C'est quand même bizarre que cette personne refuse de révéler son identité.

— Elle a beaucoup insisté…

Leo se dirigea vers la porte en soupirant.

— Très bien, je vais la recevoir.

Sortant de son bureau, il s'avança vers le hall de réception, bien déterminé à en finir au plus vite avec la mystérieuse visiteuse.

Ce ne fut que lorsqu'il l'aperçut, immobile devant l'un des sofas de cuir blanc, que Leo ralentit le pas. Il eut soudain l'impression que son cœur s'arrêtait de battre, puis qu'un flot glacé le submergeait.

— Si j'avais su que c'était toi, j'aurais demandé à Elena de te congédier, dit-il en croisant les bras.

— S'il te plaît, Leo…, répliqua-t-elle avec calme.

Elle avait une mine épouvantable : trop mince, avec des cernes mauves sous les yeux. En outre, son manteau de laine noire faisait ressortir son teint blême.

— Que veux-tu ?

— Te parler, répondit-elle en jetant un bref regard du côté d'Elena qui avait repris place à son bureau.

Celle-ci semblait concentrée sur un dossier mais ne perdait pas un mot de la conversation, évidemment.

— En privé, ajouta Margo.

Après avoir ouvert la bouche pour lui dire qu'ils n'avaient rien à se dire, Leo changea d'avis. Sa vie privée ne regardait personne.

D'un léger mouvement de tête, il indiqua le couloir.

— Très bien, allons dans mon bureau.

Puis il lui tourna le dos et repartit en sens inverse, sans vérifier si elle le suivait.

Une fois réinstallé dans son fauteuil, il regarda Margo entrer avant de refermer la porte derrière elle. Elle semblait brisée, épuisée, prête à s'effondrer.

— Tu n'as pas l'air très en forme, remarqua-t-il d'un ton neutre.

L'ombre d'un sourire passa furtivement sur ses lèvres couvertes d'une simple couche de gloss rose clair.

— Je ne me sens pas très bien, en effet. Je peux m'asseoir ?

Dès qu'il eut désigné l'une des deux chaises se trouvant

en face de lui, elle s'y laissa tomber avec un soupir de soulagement.

— Eh bien ? commença-t-il d'un ton sec. Que veux-tu ?

Dans ses yeux bruns, Leo vit avec stupeur une sorte de résignation. Cela ressemblait si peu à la Margo qu'il connaissait : tout en élégance sophistiquée, chic, sûre d'elle.

— Je suis enceinte, Leo.

Décontenancé, il cligna des yeux un instant.

— Et en quoi cela me concerne-t-il ?

— Le bébé est de toi, répondit-elle en soutenant son regard.

— Et qu'est-ce qui te permet de l'affirmer ? Dois-je te rappeler ce que tu m'as révélé il y a quatre mois ?

Cette fois, elle détourna les yeux.

— Non… L'autre… Il ne peut pas être le père.

Une bouffée de rage monumentale envahit Leo.

— Ne me parle pas de lui. Jamais, tu m'entends ?

— Le bébé est de toi, Leo.

— Tu ne peux pas en être certaine.

Elle soupira de nouveau et ferma les yeux.

— Si, dit-elle en les rouvrant. J'en suis absolument certaine. Mais, si tu le souhaites, je ferai effectuer un test de paternité.

Plus ébranlé qu'il ne voulait le reconnaître, Leo la regarda en silence. Elle semblait certaine, en effet.

— Je croyais que tu ne voulais pas avoir d'enfants.

— Non, c'est vrai.

— Dans ce cas, je suis étonné que tu ne te sois pas débrouillée pour régler la situation.

Elle tressaillit et porta la main à sa gorge, l'air soudain si fragile, si vulnérable…

— C'est ce que tu aurais voulu que je fasse ?

— Non, répondit-il sans hésitation.

Si elle ne mentait pas et qu'il s'agissait bien de son enfant.

— Pourquoi es-tu venue me le dire ? Tu veux de l'argent ?

— Non, pas spécialement.

Leo éclata d'un rire sardonique.

— Pas spécialement ?

— Elever un enfant sera difficile pour moi sur le plan financier, c'est vrai. Mais je ne suis pas venue pour te demander ton soutien. Je voulais te le dire parce que j'ai pensé que tu devais le savoir. Que tu souhaiterais le savoir.

Subitement, Leo se sentit submergé.

— C'est difficile à encaisser, bon sang… ! s'exclama-t-il en se passant la main dans les cheveux.

— Je sais. J'ai eu trois mois pour m'y habituer…

— Tu le sais depuis trois mois et tu me l'annonces seulement maintenant ?

Une touche de rose teinta ses hautes pommettes.

— J'ai été très malade. J'ai souffert de nausées épouvantables.

— Tu prends un traitement ? demanda-t-il d'un ton vif.

— Oui. Ça soulage un peu. Mais, pour être franche, je ne savais pas comment tu réagirais, Leo, ni même si tu accepterais de me recevoir. Et je tenais à te le dire en personne. Mais, jusqu'à présent, j'ai été trop mal en point pour envisager de voyager.

Leo hocha machinalement la tête. Tout semblait logique et pourtant sa colère ne diminuait en rien. Il aurait dû être au courant plus tôt. Participer dès le début. Et maintenant qu'allait-il décider ?

— S'il s'agit vraiment de mon enfant, dit-il en posant les mains à plat sur son bureau, il est hors de question que je ne sois pas impliqué dans sa vie.

— Oui.

— Et je ne parle d'un arrangement du style un week-end sur deux, poursuivit Leo d'une voix ferme.

— Non, répondit-elle avec calme. Je ne veux pas de cela non plus.

— Ah ?

Il l'observa en plissant les yeux. Il ne comprenait toujours pas pourquoi elle était venue, à vrai dire. Elle l'avait trompé, bon sang, alors pourquoi tenait-elle à ce qu'il sache qu'elle portait un enfant de lui ?

— Je me serais attendu à ce que tu mettes fin à cette grossesse, dit-il. Ou, si tu veux le garder, que tu en fasses assumer la paternité à… l'autre.

Elle frémit.

— Tu n'as manifestement pas une très haute opinion de moi…

— Parce que d'après toi je devrais ?

— Non, admit-elle avec un soupir résigné.

— Alors pourquoi n'as-tu fait ni l'un ni l'autre, Margo ?

C'était la première fois qu'il l'appelait par son prénom depuis leur dernière rencontre, à Paris, remarqua-t-il avec une tristesse qu'il refoula aussitôt.

— Parce que, contrairement à ce que tu penses, je ne suis pas dépourvue de tout sens moral, riposta-t-elle avec un peu de son ancienne fougue. Je veux garder cet enfant, et je veux qu'il, ou elle, connaisse son père.

Elle s'interrompit pour prendre une profonde inspiration.

— Et je veux aussi que mon enfant grandisse dans un foyer stable, où il soit entouré d'amour et se sente en sécurité, avec des parents qui le protègent.

— Et comment vois-tu cela, concrètement ? demanda Leo après un court silence.

— Je désire que tu m'épouses, Leo.

Dans d'autres circonstances, dans une autre vie, Margo aurait pu rire devant la surprise qui empreignit les traits de Leo. La dernière fois qu'ils s'étaient rencontrés, ne l'avait-elle pas repoussé avec mépris, en s'inventant un amant parce qu'elle savait que c'était la meilleure façon de le décourager ?

— C'est une plaisanterie, je suppose, dit-il d'une voix glaciale.

— Tu crois vraiment que je serais venue jusqu'ici pour plaisanter ?

Leo se leva d'un mouvement brusque et alla se poster devant la fenêtre.

— Je trouve ta proposition offensante, laissa-t-il tomber avec mépris.

— Je suis sincère…

— La dernière fois que nous nous sommes vus, la coupa-t-il en se retournant brusquement, tu as affirmé que tu ne voulais pas te marier ni avoir d'enfants.

— Les choses ont changé depuis, Leo.

— Pas tant que ça. Pas pour moi, du moins.

— Tu ne veux pas connaître ton enfant ?

— Qui a dit cela ? Qui te dit que je ne vais pas réclamer sa garde ?

Un frisson de terreur parcourut Margo, mais elle se força à garder son calme.

— Et que penses-tu qui soit le mieux pour notre enfant, Leo ?

Quand il retourna s'asseoir et baissa la tête en se passant de nouveau les doigts dans les cheveux, il eut l'air si vulnérable qu'elle eut envie de lui poser la main sur la nuque.

— Je suis désolée de t'avoir causé un choc, Leo. Mais, durant ces derniers mois, j'ai longuement réfléchi et j'en suis venue à la conclusion que le mieux, pour notre enfant, serait de vivre dans un foyer stable avec ses deux parents.

La décision n'avait pas été facile à prendre, mais Margo ne pouvait envisager de se retrouver aussi seule que l'avait été sa propre mère. Celle-ci n'avait pas eu d'amis, pas de famille, aucun filet de sécurité. Et elle avait tout perdu.

Lorsque Leo redressa la tête, ses yeux gris brillaient d'un éclat farouche, mais il pinça les lèvres d'un air sévère.

— Même si ses parents ne s'aiment pas ? N'éprouvent pas de respect l'un pour l'autre ?

Margo tressaillit légèrement.

— Je te respecte, Leo.

— Tu as eu une curieuse façon de le montrer !

Elle aurait dû lui avouer qu'elle s'était inventé cet autre amant, mais Leo ne la croirait pas. Et, même s'il la croyait, il voudrait savoir pourquoi elle lui avait menti. Or elle ne se sentait pas prête à révéler qu'elle l'avait fait par peur.

— Mais, toi, tu ne me respectes pas, dit-elle.

Une vague de nausée lui soulevant l'estomac, Margo serra les poings sur ses cuisses. Durant les dernières semaines, elle en avait moins souffert, mais ses journées demeuraient éprouvantes et elle avait du mal à tenir jusqu'au soir.

— Et tu n'as pas confiance en moi, poursuivit-elle. J'espère néanmoins qu'avec le temps je pourrai regagner ton respect et ta confiance. Si je te propose de nous marier, c'est avant tout pour le bien de notre enfant, Leo. Et, même si nous ne nous aimons pas, nous l'aimerons, lui ou elle.

— Si je comprends bien, tu es prête à t'engager dans une union sans amour pour un enfant, alors que tu as déclaré il n'y a pas si longtemps ne pas en vouloir ?

Margo soutint son regard sans ciller.

— Oui.

— Je ne te crois pas. As-tu des ennuis ? Ce… L'autre t'a-t-il abandonnée ? As-tu besoin d'argent ?

— Je te répète que ce n'est pas pour t'en demander que je suis venue.

— Tu as dit aussi que tu aurais du mal à élever cet enfant.

— Oui, ce serait difficile mais pas impossible. J'ai d'ailleurs envisagé de le faire. Je me suis demandé si je pouvais te cacher cette grossesse.

— Et tu voudrais maintenant que j'aie confiance en toi ?

— Je n'ai pas choisi cette situation, Leo, répliqua Margo en haussant légèrement le ton. J'ai pensé que je devais te mettre au courant et que notre enfant méritait d'avoir ses deux parents, de la stabilité, de la sécurité…

— Tu ne crois pas que tu aurais pu les lui donner toute seule ?

— Non, je n'en suis pas absolument certaine. Je ne…

Je n'ai pas beaucoup d'amis, ni de famille. Cet enfant a besoin de plus que moi. Il, ou elle, a besoin d'un père.

— A condition que je sois bien ce père.

— Je t'en prie…

Margo ferma les yeux, submergée par la nausée et la fatigue. Le vol, puis le trajet par la route pour arriver jusqu'à la villa Marakaios après avoir loué une voiture, tout cela l'avait complètement épuisée.

Rassemblant le peu de forces qu'il lui restait, elle reprit :

— Ne nous disputons pas. Je veux t'épouser pour assurer le bien-être de notre enfant. Je ne te demande ni de m'aimer, ni même de m'apprécier après… ce que j'ai fait, mais nous pourrions entretenir des liens amicaux. Quant à…

Margo baissa la tête, incapable de soutenir le regard de Leo.

— Quant aux aspects physiques du mariage, poursuivit-elle, je comprendrais que tu ailles voir ailleurs.

Comme il restait silencieux, elle se risqua à lever les yeux.

— Dois-je comprendre que tu m'autorises à violer mes serments conjugaux ? demanda-t-il d'un ton neutre.

— Ce serait un mariage de convenance…

— Mais néanmoins un mariage.

— J'essaie de te faciliter les choses…

— Pour les faire mieux passer ? l'interrompit-il durement. Elles gardent un goût amer pour moi.

Peut-être avait-il raison. Peut-être aurait-elle dû retourner à Paris, élever leur enfant seule. Même s'il affirmait le contraire, Leo pourrait le voir régulièrement. Des tas de couples le faisaient, pourquoi pas eux ?

Parce que Margo avait peur d'assumer la situation seule. Et qu'elle désirait mieux pour son enfant. Mieux que ce qu'elle avait vécu.

— Et je suis prête à vivre en Grèce, affirma-t-elle.

— Même au milieu de nulle part ?

— Je quitterais mon travail. J'élèverais moi-même notre enfant, au moins durant les premières années.

— Je croyais que la vie de femme au foyer te répugnait ?

— J'ai changé, Leo. Je suis prête à faire ce sacrifice.

— Tu veux dire que j'épouserais une martyre, c'est ça ? Quelle perspective attrayante…

— Tu ferais toi aussi un sacrifice, je l'ai bien compris.

— Mais, moi, je ne te comprends toujours pas.

— Pourquoi est-ce aussi difficile de croire que je suis prête à changer de vie ? demanda Margo, incapable de supporter plus longtemps son dédain. La plupart des femmes feraient la même chose, à ma place.

— Et pourtant, lui rappela-t-il d'une voix suave, tu n'es pas la plupart des femmes…

A bout de forces, elle ferma les yeux.

— Margo, tu te sens bien ?

Etait-ce de l'impatience, ou de l'inquiétude, qui avait coloré sa voix ? Margo n'aurait su le dire.

— Je suis fatiguée, c'est tout, répondit-elle en rouvrant les yeux. Et j'ai encore des nausées. Apparemment, tu as besoin de temps pour réfléchir à ma… proposition. Tu n'auras qu'à me faire signe, quand tu auras pris une décision…

— Tu as l'intention de retourner en France ? l'interrompit-il d'un ton vif. Tu n'es pas en état de voyager.

— Je passerai la nuit dans un hôtel d'Amphissa, et je reprendrai l'avion demain.

— Non. Tu restes ici. Je te donnerai ma réponse demain.

Quand elle se leva de sa chaise, Margo fut saisie de vertige. Aussitôt, Leo tendit la main pour lui saisir le coude. C'était la première fois qu'il la touchait depuis quatre mois, depuis qu'il lui avait fait l'amour contre la baie vitrée, avant de s'en aller.

— Ce n'est rien, dit-elle en se dégageant. Je suis juste un peu étourdie quand je me lève.

— Je vais demander que l'on te conduise à la suite réservée aux invités, dit-il, le front plissé.

Etait-il inquiet, ou irrité ? se demanda de nouveau Margo. En tout cas, il avait raison : elle n'était pas en état de voyager.

Leo souleva son téléphone et donna sans doute des instructions pour qu'on l'accueille à la villa, puis raccrocha avant de lui lancer un regard dur.

— A demain, dit-il.

Il la congédiait, comprit Margo.

4.

Margo était enceinte. Il allait être père. Si l'enfant était vraiment de lui. Leo avala d'un trait son troisième whisky et regarda la nuit noire. Cela faisait huit heures que Margo l'avait quitté et il ne s'était pas encore remis du choc.

Il ne l'avait pas revue depuis qu'Elena l'avait emmenée à la villa, où elle l'avait laissée entre les mains du personnel. Quand il avait appelé Maria, la fidèle employée au service de la famille depuis des années, celle-ci lui avait dit que Margo avait passé l'après-midi dans sa chambre et avait dormi presque tout le temps. Et qu'elle n'avait pas touché au plateau qu'elle lui avait apporté.

Si l'enfant était bien de lui, il devrait veiller à ce que Margo reste en bonne santé. Et, de toute façon, il était responsable des personnes se trouvant sous son toit. Leo n'avait pas aimé la pâleur de Margo, et elle était visiblement épuisée.

Il quitta le fauteuil club où il s'était installé, dans l'ancien bureau de son père devenu celui d'Antonios, puis le sien.

Après avoir été écarté de la direction pendant dix ans, et délibérément mis à l'écart du secret confié par leur père à Antonios, Leo ne faisait plus confiance à quiconque. Surtout pas à Margo. Mais si l'enfant était bien de lui, pourquoi ne pas accepter le mariage de convenance qu'elle lui proposait ? Après tout, c'est ce qu'il avait envisagé lui-même quand elle avait refusé de l'épouser. Une union pragmatique, sans complications émotionnelles. A ce détail près qu'il n'avait pas envisagé Margo dans le rôle de son épouse.

Cependant, tout en lui se rebellait contre cette éventualité. Vivre avec une femme qui lui avait été infidèle, qui l'avait rejeté, et qui considérait maintenant leur mariage comme un sacrifice… Mais quelle était l'alternative ? Une garde partagée qui le maintiendrait à l'écart de la vie de son enfant la majeure partie du temps ?

S'il était le père de ce bébé, Leo désirait le voir grandir. Etre le père que son propre père n'avait pas été pour lui : présent, ouvert, aimant, attentif. Quant à ses sentiments pour Margo, il les maîtriserait sans problème.

Par conséquent, il pourrait faire fonctionner ce mariage.

Alors qu'elle avait cru ne pas pouvoir dormir, Margo était si fatiguée qu'elle avait sombré dans le sommeil sitôt allongée.

Quand elle se réveilla, la nuit était tombée et il faisait frais dans la chambre. Désorientée, elle se redressa lentement, un peu groggy, comme si elle souffrait du décalage horaire ou avait la gueule de bois — ou les deux à la fois. Quelqu'un frappant soudain à la porte, elle sursauta.

Puis, tout en veillant à ne pas se lever trop vite, Margo se leva et alla ouvrir la porte.

La gouvernante, Maria, se tenait devant elle, un plateau dans les mains, sur lequel étaient posés de la salade, du pain, et une soupe qui sentait délicieusement bon. Mais cela n'empêcha hélas pas l'estomac de Margo de protester.

— *Efharisto*, murmura-t-elle en tendant les mains pour prendre le plateau.

Mais Maria ne le lâcha pas et s'avança dans la pièce pour le poser sur une table ancienne, à côté de la fenêtre. Elle tira ensuite les rideaux, refit le lit et tapota les oreillers, sous le regard médusé de Margo. Pour terminer, Maria alluma plusieurs lampes qui diffusèrent une douce lumière dorée, avant de regarder autour d'elle d'un air satisfait.

— *Efharisto*, répéta Margo.

La gouvernante désigna le plateau d'un petit mouvement de tête. Puis elle prononça quelques mots en grec que Margo interpréta comme une invitation à manger.

Après qu'elle eut adressé un sourire tremblant à Maria, cette dernière quitta la pièce sans ajouter un mot.

Décidée à faire un effort, Margo se dirigea vers la table et prit une cuillerée de ce qui s'avéra en fait de la soupe aux lentilles. Mais son estomac se manifesta de façon si violente qu'elle renonça.

Maintenant qu'elle était tout à fait réveillée, elle se rappelait en détail sa conversation avec Leo. Son incrédulité, son dédain, sa méfiance, sa colère. Et, à présent, elle devait attendre qu'il veuille bien lui annoncer sa décision.

La folie de son entreprise la faisant soudain frissonner, Margo retourna se coucher et remonta drap et couverture jusqu'au menton. Elle ne reviendrait pas en arrière. Elle se souciait bien trop de l'enfant qu'elle portait. Le petit être qu'elle n'aurait jamais pensé porter, ni même osé désirer.

Mais, puisqu'il était là, dans son ventre, elle ferait tout pour lui assurer une enfance meilleure que la sienne.

Forte de cette résolution, Margo se rendormit et se réveilla à l'aube, au moment où les premières lueurs gris pâle filtraient par un interstice entre les rideaux. Après avoir somnolé encore un peu, elle se leva et alla prendre une douche, puis se prépara à affronter Leo et à connaître sa réponse, quelle qu'elle soit.

A 8 heures, quand Maria lui apporta le petit déjeuner, Margo se demanda si elle se sentait traitée en princesse ou en prisonnière. Au même instant, elle se rendit compte que Maria avait dû venir chercher le plateau auquel elle n'avait pas touché la veille car il avait disparu.

— *Efharisto*, dit-elle de nouveau.

— *Fae*, fit la gouvernante d'un ton sévère.

— Oui… *né*, répliqua Margo en souriant d'un air d'excuse. J'aimerais bien manger, mais je ne peux pas garder grand-chose, malheureusement.

Maria hocha la tête, puis attendit. Pour montrer sa bonne volonté, Margo se versa du café, souleva le couvercle du pot de miel, du beurrier… et Maria finit par partir.

Supportant à peine l'arôme du café, Margo se força à manger un peu de yogourt avec un soupçon de miel pour faire plaisir à la gouvernante. Mais, après deux cuillerées, elle repoussa le bol et se mit à arpenter la pièce en se demandant si elle devait partir en quête de Leo ou attendre qu'il la fasse appeler.

Au bout de quelques allers et retours, elle se sentit ridicule. Avait-elle perdu tout son humour et toute sa détermination en venant là ? Elle était fatiguée, certes, et craignait la réponse de Leo, mais elle avait rencontré des obstacles plus redoutables et les avait surmontés.

D'un pas déterminé, Margo s'avança vers la porte et l'ouvrit, avant de se retrouver nez à nez avec Leo — superbe dans une chemise d'un blanc immaculé et un pantalon anthracite, ses cheveux noirs encore humides.

— Tu allais quelque part ?

— Oui, j'allais partir à ta recherche. J'aimerais connaître ta réponse, Leo, parce que je dois rentrer à Paris de toute façon et que mon vol est à 14 heures.

— Annule-le. Tu ne rentreras pas à Paris. Pas maintenant, en tout cas.

Elle le regarda, perplexe.

— Pardon ?

Un éclat sauvage traversa ses yeux gris.

— Qu'est-ce que tu n'as pas compris, exactement ?

Margo serra les mâchoires. La veille, elle avait supporté ses remarques désagréables parce qu'elle les estimait légitimes, mais elle n'allait pas supporter longtemps son mépris et ses sarcasmes alors qu'elle n'avait commis aucun crime !

Sauf qu'il n'en savait rien.

— Nous pourrions peut-être discuter de l'avenir un peu plus en détail ? repartit-elle avec une pointe d'agressivité.

— Oui, je venais justement te chercher pour ça. Nous allons en parler dans mon bureau.

— Très bien.

Margo le suivit en silence dans le couloir aux pavés de terre cuite conduisant au double escalier qui plongeait vers le hall d'entrée gigantesque. La veille, elle avait été trop épuisée pour remarquer sa magnificence, mais à présent elle se rendait compte du luxe dans lequel elle allait vivre. A supposer qu'elle ait bien compris les intentions de Leo qui venait de lui demander d'annuler son billet d'avion.

A vrai dire, à la pensée qu'il accepte de l'épouser, une sensation vertigineuse la gagna, qu'elle ne sut comment interpréter.

Leo ouvrit bientôt la porte d'un bureau aux murs lambrissés dont les larges fenêtres donnaient sur de beaux jardins. S'y promènerait-elle avec son bébé ? En emportant une couverture pour s'installer sur l'herbe avec lui ?

— Je vais aller droit au but, commença Leo.

La froideur de son ton la fit redescendre sur-le-champ de son petit nuage.

Debout derrière un imposant bureau d'acajou aux pieds ouvragés, les mains posées sur le dossier d'un fauteuil sculpté dans le même bois et recouvert de velours vert foncé, il la contemplait d'un air implacable.

Durant les deux ans qu'avait duré leur liaison, Margo l'avait vu sourire, paresseusement, sensuellement. Elle l'avait entendu rire, de ce rire sexy qui la faisait frissonner au plus profond de son être. Mais jamais elle ne lui avait vu ce regard dur.

— J'accepte de t'épouser — mais à certaines conditions.

Elle inspira, puis expira lentement.

— Qui sont ?

— Premièrement, nous irons à Athènes cet après-midi pour faire effectuer un test de paternité.

Même si elle s'y attendait, sa méfiance blessa Margo.

— Très bien.

— Deuxièmement, tu donneras ta démission et tu t'installeras ici pour vivre avec moi.

— D'accord.

— Troisièmement, tu accepteras de te faire suivre par le médecin de mon choix.

Cette fois, Margo perdit patience.

— Je suis capable de choisir un médecin, Leo.

— Ah oui ? fit-il en haussant un sourcil sceptique. Tu es pourtant arrivée ici dans un état épouvantable.

— Mon état n'a rien à voir avec l'absence de suivi médical, riposta-t-elle.

Jusqu'à quel point comptait-il contrôler sa vie, et celle de leur enfant ? Margo était venue parce qu'elle pensait que celui-ci devait avoir un père. Mais, si Leo avait l'intention de lui rendre la vie infernale, serait-ce vraiment l'environnement stable et sécurisant qu'elle désirait pour son fils ou sa fille ?

— Leo, commença-t-elle en s'efforçant de rester calme, si tu ne changes pas d'attitude envers moi, cela risque d'être très désagréable.

— J'essaie seulement d'être clair.

— Tu l'es. Parfaitement.

Un muscle tressaillit dans sa mâchoire. Son regard avait la teinte de la mer en hiver.

— Je n'en ai pas terminé avec mes conditions.

— Très bien. Je t'écoute.

— Tu ne travailleras pas durant ta grossesse, ni tant que notre enfant sera en bas âge. Je veux que sa mère soit présente et disponible.

— Je t'ai déjà dit que je souhaitais l'élever moi-même, lui rappela Margo. Et de toute façon, étant donné que je serai coincée ici, je ne vois pas comment je pourrais envisager de poursuivre ma carrière.

— Notre mariage aura beau être un arrangement, poursuivit Leo, ignorant sa remarque, il ne sera pas seulement de convenance. Quand tu seras en meilleure santé, puis remise de l'accouchement, je veux que tu partages mon lit.

Un nouveau vertige envahit Margo, fait d'excitation et de crainte.

— Je croyais que tu pouvais à peine supporter ma vue ? répliqua-t-elle d'une voix légèrement rauque.

— Nous nous entendons bien sexuellement, répondit Leo. Pourquoi irais-je voir ailleurs alors que j'ai une femme à ma disposition ?

— Tu tiens vraiment à te montrer aussi humiliant ?

— J'énonçais juste un fait, répliqua-t-il d'un ton neutre. Et en voici un autre : si jamais tu me trompes de nouveau, je divorcerai. Immédiatement. Et j'obtiendrai la garde exclusive de notre enfant.

— Non.

— Non ? Tu veux dire que tu ne peux même pas envisager de m'être fidèle ?

— Je te serai fidèle, Leo, répliqua Margo en maîtrisant à grand-peine sa colère. Mais si tu menaces encore de me prendre mon enfant, je te quitterai et tu ne me retrouveras jamais…

Elle s'interrompit, la poitrine nouée, le souffle court.

— Quelle véhémence…

— C'est toi qui as commencé.

— Pour quelqu'un qui affirmait ne pas désirer d'enfant, tu te montres drôlement protectrice ! fit-il en plissant les yeux.

— On change.

— As-tu vraiment changé, Margo ?

Epuisée, elle s'assit sur une chaise et se passa la main sur le front.

— Il y a encore d'autres conditions ?

— Rien dont il faille parler pour l'instant.

— Très bien. Parce que j'en ai quelques-unes aussi.

Leo eut l'air tellement choqué qu'elle faillit éclater de

rire. Cependant, Margo n'oubliait pas qu'il était en position de force et que sa propre menace ne valait rien : où qu'elle aille, il la retrouverait.

— Alors, quelles sont tes conditions ?

— Pour commencer, tu ne me menaceras plus jamais.

— Ce que tu appelles menace n'est pour moi qu'un constat.

— Peu importe.

— Quelles sont les autres ?

— Je serai la seule à m'occuper de notre enfant. Je ne veux ni bonnes ni nounous.

Il hocha légèrement la tête.

— Même si tu ne me respectes pas, et que tu n'as pas confiance en moi ? insista-t-elle.

— Je crois que tu seras une bonne mère, dit-il, les lèvres pincées.

En dépit de son mépris, de ses ordres et ses menaces, ses paroles touchèrent Margo. Parce qu'en vérité elle n'était pas sûre elle-même d'être une bonne mère.

— Quoi d'autre ? demanda Leo.

— Toutes les décisions concernant notre enfant seront prises en commun. Il est hors de question que tu fasses la loi en ce qui le, ou la, concerne.

Il resta silencieux un instant, les mâchoires crispées.

— Cela me semble raisonnable, dit-il enfin.

— Parfait. Je n'ai pas d'autres conditions... pour l'instant.

— Je suis heureux que nous nous soyons mis d'accord, répliqua Leo. Nous irons donc à Athènes cet après-midi.

— Je devrai quand même retourner en France à un moment donné, précisa Margo. Je dois donner ma démission et m'occuper de mon appartement.

Une boule se nicha dans sa gorge. Elle allait laisser beaucoup de choses derrière elle : la carrière dont elle était si fière, ses quelques amis, Sophie... Le sanctuaire qu'elle s'était créé pour elle seule, le havre où elle pouvait être elle-même...

— Tu retourneras là-bas quand tu seras en état de voyager, décréta Leo d'un ton péremptoire.

Quand il en déciderait, lui en donnerait la permission...

— Au nom de quoi me donnes-tu des ordres ? riposta-t-elle, les nerfs à vif. J'ai choisi de venir ici, Leo...

— J'en ai le droit parce que je suis ton mari, la coupa-t-il d'une voix où perçait une sorte de défi.

— Pas encore, rétorqua Margo sur le même ton. Et, si tu continues, tu ne le seras peut-être jamais.

Il s'avança d'un pas vers elle en plissant les paupières.

— Tu crois vraiment que, si tu portes mon enfant, je vais te laisser partir ?

— Oh ! arrête avec ça, s'il te plaît...

— Nous saurons vite ce qu'il en est, répliqua-t-il. Et nous nous marierons dès que nous aurons le résultat du test. A supposer que tu ne m'aies pas menti, bien sûr.

5.

Tout en conduisant, Leo risqua un coup d'œil furtif du côté de Margo. Immobile, les mains posées sur ses genoux, elle regardait droit devant elle, le visage pâle, impassible.

Elle avait un peu meilleure mine que la veille, mais semblait encore fatiguée et abattue. Par ailleurs, sa robe-pull en jersey bordeaux faisait ressortir sa minceur extrême. Elle devait avoir perdu plusieurs kilos, mais Leo distinguait le doux renflement de son ventre. Là où elle portait son enfant. Leur enfant.

Car, même s'il tenait à ce test de paternité, il sentait dans sa chair que ce bébé était de lui. Cependant, une question continuait à le tarauder : de son côté, comment Margo pouvait-elle en être aussi certaine ?

A vrai dire, il ne s'était pas beaucoup interrogé sur « l'autre ». Il s'était fermé à l'idée en s'efforçant de ne pas penser à Margo, ni à lui. Mais à présent…

— Cet autre homme, demanda-t-il abruptement, tu le vois toujours ?

Elle se tourna vers lui, un faible sourire aux lèvres.

— Si c'était le cas, tu crois que je serais ici ?

— Je n'en sais rien.

— Non, Leo. Nous ne sommes plus ensemble.

— Quand avez-vous rompu ?

Comme elle ne répondait pas, Leo resserra les mains sur le volant.

— Eh bien, Margo ? Ce n'est pas trop difficile, comme

question. J'ai besoin de savoir si ce type va surgir un beau jour, parce que je…

— Oh ! c'est ridicule ! l'interrompit-elle. Il n'y a pas d'autre homme, Leo. Il n'y en a jamais eu.

Leo tourna vivement la tête vers Margo. Elle avait les yeux fermés, la nuque appuyée en arrière.

— Et tu crois que je vais gober ça ?

— Je n'en sais rien, mais c'est la vérité.

— Pourquoi m'avoir menti, alors ?

— Parce que je savais que c'était le seul moyen de te repousser définitivement, répondit-elle après un léger silence.

Leo battit des cils. Ses paroles le blessaient presque autant que sa prétendue infidélité.

— Tu veux dire que ma demande en mariage t'était si odieuse que tu as eu besoin de me mentir pour te débarrasser de moi ?

— Tu présentes la chose de la façon la plus horrible qui soit, mais, oui, je suppose que c'était le cas.

Son aveu, son rejet, aussi brutal que l'avait été celui de son père, laissa Leo sans voix.

Le regard fixé sur la route, il répliqua d'un ton neutre :

— Et pourtant nous sommes là, ensemble, prêts à nous marier.

— Oui.

— Je ne te comprends pas, Margo.

— Je sais.

— Si, il y a quatre mois, la perspective de m'épouser t'était si odieuse, pourquoi es-tu revenue ? Des tas d'enfants vivent avec un seul parent, ou ont des parents divorcés, ou séparés. Tu aurais réussi à te débrouiller. Nous serions parvenus à trouver un arrangement.

Il hésita un instant avant d'ajouter :

— Nous le pouvons toujours.

— Tu le souhaites ?

— Je n'en sais rien, avoua Leo.

Il se sentait dérouté, perdu. Et le rejet de Margo le

touchait trop, bien plus qu'il ne l'aurait voulu. Cependant, elle était revenue. Elle avait choisi de revenir.

Et il voulait qu'elle reste.

Sous sa colère, le désir couvait encore, aussi ardent qu'autrefois.

— Leo… Il n'y a pas de raison que nous ne puissions pas vivre ensemble de façon… amicale, tu ne crois pas ?

Quand elle lui posa la main sur le bras, la sensation fut aussi légère que la caresse d'une aile de papillon, mais elle atteignit Leo en plein cœur.

— Nous pouvons trouver un équilibre, poursuivit-elle. Un mariage de convenance n'est pas forcément une union froide.

Alors que soit elle l'avait trompé, soit elle lui avait menti, de la façon la plus vile, dans le but de se débarrasser de lui ? Alors qu'elle considérait leur mariage comme un sacrifice ? Quant à lui, il ne ressentait rien pour elle, hormis le désir qui le torturait. *Rien d'autre.*

— Je ne crois pas, répliqua Leo avec calme en dégageant son bras. La meilleure solution est de gérer ce mariage comme une transaction d'affaires.

Margo tourna la tête vers la vitre.

— Et au lit ? Il s'agira aussi d'une transaction d'affaires ?

— Nous n'avons jamais eu de problèmes de ce côté-là et nous n'en aurons pas non plus une fois mariés.

Ils traversaient la banlieue d'Athènes, à présent, avec l'Acropole se dressant à l'horizon. Ensuite, ils n'échangèrent plus une seule parole jusqu'au moment où ils arrivèrent à l'appartement, dans le quartier de Kolonáki.

Margo déambula dans les pièces lumineuses occupant le dernier étage d'un bel immeuble du XIXe siècle. Le salon et la salle à manger formaient un vaste espace ouvert parsemé de sofas de cuir noirs et blancs, et de plusieurs tables toutes de chrome et de verre.

La seule touche de couleur provenait d'une immense toile accrochée au mur du fond, sur laquelle sinuaient des lignes vertes éclaboussées par endroits de taches blanches. Margo s'arrêta devant la peinture, surprise que Leo apprécie l'art contemporain. Ce tableau avait dû coûter une fortune, et pourtant il donnait l'impression d'avoir été peint par un enfant.

— Cette œuvre d'art a été réalisée par mon neveu Timon, dit Leo en la rejoignant.

— J'ignorais que tu avais un neveu.

Elle en savait si peu sur lui, songea Margo. Elle le connaissait en tant qu'amant, connaissait ses goûts en matière de nourriture, et savait qu'il préférait la musique classique au jazz, par exemple. Et qu'il utilisait toujours la même lotion après-rasage aux effluves citronnés, et jamais d'eau de toilette. Mais elle ignorait tout de Leo en tant qu'individu, et futur mari.

— C'est le fils de ma sœur aînée. Il a trois ans.

A ces mots, Margo éclata d'un petit rire surpris.

— Je me disais justement que cette peinture avait dû coûter une fortune alors qu'elle donnait l'impression d'avoir été faite par un enfant !

— Heureusement pour moi, elle ne m'a rien coûté. Mais je l'aime beaucoup, en fait, dit-il avec un sourire en coin. C'est censé représenter les oliveraies au printemps, avec les arbres en fleur.

— Je l'aime bien aussi, répliqua Margo. Surtout maintenant que je sais qu'elle a été réalisée par ton neveu.

L'espace d'un bref instant, ce fut comme autrefois, voire mieux. Plus simple, plus détendu. Le sourire aux lèvres, Leo contemplait la toile, tandis que Margo sentait un faible espoir naître dans son cœur. Ils pourraient peut-être vraiment faire fonctionner ce mariage, après tout, sur des bases solides et réalistes.

— J'ai transporté tes bagages dans la chambre d'amis,

dit soudain Leo en se détournant. Tu peux aller te rafraîchir avant d'aller chez le médecin, si tu veux.

La chambre d'amis était aussi somptueuse que le reste de l'appartement, avec un lit immense recouvert d'un jeté de soie ivoire et une salle de bains pavée de marbre clair. Margo aurait volontiers pris un bain, mais elle y renonça pour ne pas faire attendre Leo. Aussi se contenta-t-elle de se laver les mains et de se passer de l'eau sur le visage, avant de s'appliquer un peu de fond de teint pour atténuer les cernes mauves soulignant ses yeux. Pour se donner meilleure mine, elle termina par une touche de fard à joues et de rouge à lèvres.

— Tu as mangé, aujourd'hui ? demanda Leo à travers la porte. Maria m'a dit que tu n'avais rien pris hier soir, ni ce matin.

Maria était-elle sa gardienne, sa surveillante ?

— Je ne peux pas garder grand-chose, répondit-elle en maîtrisant son irritation.

Quand elle ouvrit la porte quelques instants plus tard, Leo l'attendait, les sourcils froncés et l'air sévère.

— Tu dois reprendre des forces.

— J'aimerais bien, Leo, mais je ne peux vraiment rien...

— Je croyais que tu prenais un traitement ?

— Oui. Ça m'aide un peu. Mais je dois quand même faire attention.

Elle s'efforça de sourire.

— J'ai mangé des biscottes. C'est la seule chose que supporte mon estomac.

— Des biscottes ?

— Oui. Et puis, le médecin m'a dit que je devrais bientôt me sentir mieux.

— Tu es enceinte de combien, exactement ?

— Dix-sept semaines. La naissance est prévue pour la fin avril.

Durant quelques secondes, Leo eut l'air abasourdi,

comme s'il réalisait qu'un bébé, un vrai petit être humain, allait vraiment apparaître dans leurs vies…

— Il faut y aller, dit-il d'un ton brusque.

Dans le cabinet médical cossu situé quelques rues plus loin, une gynécologue aux cheveux noirs et à l'air très énergique, aux manières presque brusques, les reçut tout de suite.

Lorsque Margo s'installa sur la table d'examen, elle se sentit soudain affreusement exposée. Leo se tenait dans un coin de la pièce, debout, le visage sombre.

Après les avoir regardés tour à tour, le Dr Tallos demanda à Margo si elle préférait être seule.

Leo eut l'air choqué. Il s'attendait sans doute à ce que tout le monde lui obéisse au doigt et à l'œil, médecin compris…

— Non, répondit Margo. Mais tu pourrais peut-être t'asseoir, Leo ?

Sans dire un mot, il s'installa sur une chaise.

— Très bien, reprit le médecin. Vous dites que vous êtes enceinte de dix-sept semaines, c'est bien cela ? Avez-vous déjà passé une échographie ?

— Non. La première était prévue à vingt semaines.

— Nous pouvons en faire une maintenant, si vous voulez. Juste pour vérifier que tout va bien ?

Un frisson de crainte et d'excitation parcourut Margo.

— Oui, d'accord.

— Alors nous allons commencer par ça.

— Et le test de paternité ? intervint Leo.

Le docteur Tallos lui décocha un regard vif tandis que Margo rougissait.

— Nous pouvons le faire par simple analyse sanguine. Je prélèverai des échantillons de chacun d'entre vous après que nous aurons vérifié que le bébé est en bonne santé.

Elle regarda Leo en haussant les sourcils.

— Cela vous convient ?

Lorsqu'il se contenta de hocher la tête, Margo se sentit presque désolée pour lui. Le médecin ignorait tout de leur histoire compliquée…

— Excusez-moi, poursuivit le Dr Tallos en remontant la robe de Margo sur ses cuisses.

Puis elle fit descendre son collant pour lui dégager le ventre. A présent, Margo se sentait vraiment exposée… Et, même sans se risquer à regarder Leo, elle sentait sa présence, sa tension.

— Je vous préviens, c'est un peu froid…, dit le médecin en lui étalant du gel transparent sur le ventre.

Margo frissonna. En effet…

Le Dr Tallos lui appuya la sonde sur le ventre.

— On y va. Ce n'est pas très agréable, mais cela ne fait aucun mal, ni à vous ni au bébé, n'ayez crainte.

Margo retint son souffle tandis que la sonde se promenait sur son ventre.

— Le voilà…

Clignant des paupières, Margo contempla l'écran en essayant de distinguer une forme ressemblant à un bébé, mais elle ne vit que des cercles flous…

— Voici la tête, continua-t-elle en désignant un endroit sur l'écran. Et le ventre. Regardez bien : on distingue ses doigts, ses orteils.

Comme par magie, Margo vit alors le minuscule embryon remuer ses tout petits bras, ses toutes petites jambes…

— Il bouge bien ! commenta gaiement le médecin. Vous sentez quelque chose ?

— Non, pas encore.

— Ne vous en faites pas, vous le sentirez bientôt. Et voici le cœur. Je vais augmenter le son pour que vous puissiez l'entendre.

Tout à coup, l'espace fut empli par un bruit ressemblant à un galop de cheval accompagné d'une sorte de bruissement mystérieux…

Leo se leva alors lentement et s'approcha de l'écran avant de se tourner vers Margo.

— Je n'ai jamais rien entendu de pareil, murmura-t-il d'un air émerveillé.

— Le bébé a bien dix-sept semaines, confirma le médecin en appuyant sur des touches pour prendre ses mesures. Tout m'a l'air parfait. Il est un peu tôt pour connaître le sexe, mais nous allons fixer un rendez-vous pour une deuxième échographie, à vingt semaines comme prévu.

Elle éteignit l'appareil puis tendit une serviette en papier à Margo.

— Je vous laisse vous rhabiller, et nous ferons le test.

Fronçant de nouveau les sourcils, elle se tourna vers Leo.

— Vous le souhaitez toujours, je suppose ?

Comme il hésitait, Margo répondit à sa place.

— Oui, nous souhaitons le faire.

Il était hors de question que Leo conserve un doute !

Un quart d'heure plus tard, ils quittèrent le cabinet médical après qu'on leur eut promis de leur communiquer le résultat du test par téléphone, le lendemain.

Alors qu'ils marchaient sur le boulevard, Leo se tourna soudain vers elle.

— Attends-moi une minute, dit-il avant d'entrer dans une épicerie fine.

Margo obéit et resta à l'extérieur, le vent la faisant frissonner. Puis Leo ressortit quelques minutes plus tard, un sac de papier brun à la main.

— Je t'ai acheté des biscottes.

Une émotion inouïe s'empara de Margo, à tel point qu'elle en eut les larmes aux yeux.

— Margo, qu'y a-t-il ?

Elle secoua la tête en reniflant.

— Rien. La grossesse me rend hyperémotive. Et cette visite chez le médecin, le rythme du cœur du bébé…

— C'était fantastique, non ? fit Leo en fronçant les sourcils.

— Oui. Bien sûr.

Entendre ces battements l'avait émerveillée elle aussi, mais en même temps terrifiée. Et si la prochaine fois elle ne les entendait plus ? S'il n'y avait que le silence ?

Après avoir ouvert le paquet de biscottes, Leo lui en tendit une.

— Tiens, mange un peu. Tu te sentiras mieux, après.

Sa gentillesse acheva de bouleverser Margo. Elle avait affirmé désirer un mariage harmonieux, une relation amicale, or les petites attentions de Leo lui faisaient mal. Parce qu'elle entrevoyait tout ce à quoi ils avaient renoncé tous les deux.

Mais il était trop tard pour les regrets, aussi prit-elle la biscotte et la mangea-t-elle docilement. Et, en effet, elle se sentit mieux après.

Si elle continuait à se répéter que tout irait bien, elle finirait peut-être par y croire…

Leo regarda Margo manger sa deuxième biscotte en courbant les épaules pour se protéger du vent. Elle s'était ressaisie, mais elle gardait le teint pâle et des larmes brillaient encore dans ses yeux.

Il sentit sa poitrine se serrer. Il ne voulait pas qu'elle pleure. Il nourrissait encore des sentiments pour elle. Des sentiments dérangeants qu'il rejetait, mais qui l'avaient conduit à accepter ce mariage.

Durant les quatre derniers mois, Leo avait refusé de penser à elle. Pour lui, Margo avait été comme morte. Et, depuis qu'elle était réapparue dans sa vie vingt-quatre heures plus tôt, il avait veillé à garder ses distances vis-à-vis d'elle. Mais il s'était leurré, il s'en rendait compte maintenant. Il l'avait accablée de reproches, de remarques sarcastiques parce que c'était plus facile que de la brusquer et de lui demander pourquoi elle l'avait vraiment repoussé. Ou peut-être de la prendre dans ses bras, et l'embrasser jusqu'à plus soif…

A quoi bon se soucier des raisons pour lesquelles Margo était revenue ? Elle était là.

Et elle l'avait rejeté une fois. Alors, pourquoi pas deux ?

En tout cas, Leo ne ressentait plus le besoin de la punir. Il n'aurait d'ailleurs peut-être pas dû le faire, si elle ne mentait pas en affirmant qu'il n'y avait jamais eu d'autre homme. Alors il pouvait au moins se montrer amical.

— Nous devrions rentrer, dit-il. J'ai l'impression que tu as besoin de te reposer. De mon côté, il faut que je m'occupe du mariage.

— Déjà ? demanda-t-elle d'un air surpris.

— Oui. Vu les circonstances, tu ne t'attendais pas à un mariage à l'église en robe blanche et tout le tralala ?

Un éclair traversa ses yeux bruns.

— Es-tu vraiment aussi rétrograde, Leo ? Aussi macho ?

— Pourquoi serais-je l'un ou l'autre ? Nous nous marions pour le bien de notre enfant, Margo. Pas parce que nous nous aimons ni même que nous désirons vivre ensemble.

Etrangement, ses propres paroles le mirent en colère.

— Un mariage traditionnel serait de la pure hypocrisie, bon sang !

— Et une robe blanche aussi, je suppose ?

— Il ne s'agit pas de te reprocher quoi que ce soit, Margo. C'est juste un constat sur la véritable nature de notre mariage.

— Très bien, rétorqua-t-elle, les yeux toujours étincelants.

Après avoir jeté le reste de sa biscotte, elle répéta sans le regarder :

— Très bien…

Puis elle passa devant lui la tête haute et se dirigea vers la voiture garée un peu plus loin.

6.

Après s'être tournée et retournée dans le grand lit, Margo finit par renoncer à s'endormir et se leva en soupirant. Ce n'était pas la faute du matelas, ultra-confortable. Par ailleurs, elle était épuisée. Mais toutes sortes de questions et de pensées à demi formulées tourbillonnaient sans répit dans sa tête, l'empêchant de trouver le sommeil.

Elle enfila sa robe de chambre et prit la boîte d'infusions au gingembre qu'elle avait emportée avec elle — l'une des rares choses qu'elle pouvait avaler sans problème —, puis se dirigea vers la cuisine sur la pointe des pieds.

La journée s'était terminée sans heurts : elle avait fait la sieste et pris un bain pendant que Leo travaillait dans son bureau. A l'heure du dîner, il était venu frapper à sa porte et lui avait demandé ce qu'elle désirait manger avant de commander deux repas.

Cet épisode avait ravivé le souvenir de leurs week-ends d'autrefois, quand ils se faisaient monter du champagne dans leur suite, ou des plats qu'ils dégustaient ensemble, avant de faire l'amour ou après une étreinte… Ces week-ends durant lesquels Margo s'était sentie insouciante et libre comme jamais auparavant. Ni depuis.

A présent, elle se rendait compte de sa naïveté, de sa stupidité. Avait-elle vraiment changé ? se demanda-t-elle en remplissant la bouilloire. Chaque fois qu'elle se trouvait avec Leo, elle se sentait à vif. Et elle avait de plus en plus peur.

Le dîner de ce soir n'avait ressemblé en rien à ceux d'autrefois. Installé en face d'elle qui touchait à peine à ses pâtes nature, Leo avait mangé des *souvláki* en répondant à ses e-mails sur son smartphone. Sans qu'ils n'échangent une seule parole.

Elle avait eu un aperçu de l'avenir qui l'attendait, se dit Margo en versant l'eau bouillante sur le sachet : des repas silencieux et une tension permanente.

Aurait-ce été différent si elle avait accepté d'épouser Leo lorsqu'il lui avait fait sa demande, à Paris ? Ils ne s'aimaient pas. Ou, du moins, Leo ne l'aimait pas. Et ce qu'elle ressentait pour lui n'avait été qu'un commencement de quelque chose, une petite pousse fragile qui lui avait été arrachée du cœur avant même de pouvoir prendre racine et se développer.

Margo ne s'était pas autorisée à aimer Leo parce qu'elle avait appris très tôt que l'on pouvait perdre des êtres chers. Sa mère, sa sœur…

Fermant les yeux, elle se força à refouler les souvenirs douloureux, l'éternelle souffrance.

Cependant, Leo ne la quitterait pas. Son sens de l'honneur le lui interdisait. Quant à l'enfant qu'elle portait… Elle rouvrit les yeux et posa la main sur son ventre.

Tiens bon, mon tout petit, pria-t-elle en silence. *Reste en vie…*

Puis elle prit sa tasse et alla s'installer dans le salon, à côté de la large baie vitrée donnant sur Kolonáki. Quelques réverbères diffusaient leur lumière blanchâtre sur le boulevard et, haut dans le ciel nocturne, un fin croissant de lune brillait, solitaire. Au loin, Margo aperçut le Parthénon dominant le plateau de l'Acropole, tout auréolé d'or.

— Tout va bien ?

Sursautant, elle se retourna et vit Leo immobile à l'entrée du salon, vêtu d'un seul pantalon de pyjama de soie bleu marine à taille basse. A la vue de son torse nu, de ses muscles sculptés saillant sous la peau satinée, de la toison sombre disparaissant sous l'étoffe, elle sentit son cœur battre la chamade. Elle connaissait si bien la douceur de sa peau, la sensation de ce corps superbe pressé contre le sien, hanches contre hanches, jambes mêlées…

— Je n'arrivais pas à dormir, dit-elle enfin dans un souffle. Alors je suis venue me préparer une infusion. Je suis désolée de t'avoir réveillé.

— Je n'arrivais pas non plus à dormir.

A la grande surprise de Margo, il vint s'asseoir à côté d'elle sur le sofa, sa hanche lui frôlant les orteils.

— Quelque chose te tracasse ? demanda-t-il.

— Et toi ? lui retourna-t-elle pour ne pas répondre.

— C'est beaucoup à assimiler d'un coup, répondit-il après un court silence. Un bébé, le mariage… Il y a encore seulement vingt-quatre heures je n'envisageais ni l'un ni l'autre.

— J'ai eu plus de temps pour m'y habituer, c'est vrai.

Après avoir baissé les yeux sur ses pieds nus, il les enveloppa dans sa main chaude. Margo tressaillit violemment — presque douloureusement.

— Tu as les pieds froids, dit-il en se soulevant pour les glisser sous lui.

Comme autrefois. Margo resta immobile, le dos raide, alors que tout frémissait en elle.

— Quand tu as découvert que tu étais enceinte, reprit lentement Leo, comment ça s'est passé ? Qu'as-tu ressenti ?

— Pourquoi ces questions ?

— Juste pour savoir. Je n'étais pas là ; j'ai manqué une phase importante de ta grossesse.

— Je ne m'en doutais pas du tout. Comme tu le sais, je prenais la pilule et je ne l'oubliais jamais.

— Comment es-tu tombée enceinte, alors ?

— Le lendemain du jour…

Margo déglutit et rougit en espérant que Leo ne s'en rendait pas compte, dans la pénombre.

— Le lendemain de notre dernière rencontre, je me

suis réveillée très tard et j'ai pris ma pilule avec trois heures de retard.

— Et cela a suffi pour arrêter l'effet contraceptif ?

— Les pilules minidosées doivent être prises exactement à la même heure tous les jours ! répliqua-t-elle avec un petit rire embarrassé en posant la main sur son ventre rond. Mais je ne l'ai su qu'après…

— Tu dois avoir eu un drôle de choc.

— J'étais dans une espèce d'hébétement… Je… je ne savais pas quoi faire.

— C'est compréhensible, répliqua Leo en hochant la tête.

— Alors pendant un certain temps je n'ai rien fait. Puis j'ai commencé à me sentir si mal que je pouvais juste me concentrer pour tenir jusqu'au soir. Et, quand je suis allée voir mon médecin pour qu'il me donne un traitement anti-nausées, il a dit — c'était une simple remarque — qu'en général, lorsqu'on souffrait de nausées ,cela voulait dire que le bébé était en bonne santé. Et j'ai réalisé que c'était vrai. Que je portais un bébé qui grandissait dans mon ventre… Que mon véritable problème était… la peur.

Soudain, Margo réalisa qu'elle en avait trop dit. Mais, en même temps, elle ressentait un immense soulagement.

— De la peur ? répéta Leo en fronçant les sourcils. De quoi avais-tu peur ?

— De l'avenir, dit-elle pour ne pas aborder le vrai problème. Des problèmes auxquels j'allais me trouver confrontée. Et de la façon dont tu allais réagir, de ce que cela impliquerait.

— Et alors tu as décidé de me demander de t'épouser ? Je ne te comprends toujours pas, Margo.

Elle déglutit avec peine.

— J'ai grandi sans père, je ne voulais pas que mon enfant vive la même chose.

Cette fois, Leo resta silencieux durant quelques instants.

— Je ne sais rien de ton enfance, dit-il tout à coup.

— Nous ne parlions pas beaucoup de ce genre de choses, durant notre…

— Notre aventure ? acheva-t-il d'une voix neutre.

— Oui.

Même si ses pieds étaient toujours blottis dans sa chaleur, Margo sentit le froid monter dans tout son corps.

— Puisque tu désires cet enfant, dit Leo en se tournant vers elle, c'est que tu as changé, alors ?

Après avoir pris une profonde inspiration, elle hocha la tête.

— Oui.

— Pourquoi ? Qu'est-ce qui t'a fait changer ?

Elle le regarda. Leo méritait qu'elle réponde au moins à cette question.

— Avant d'être enceinte, je ne voulais pas d'enfant parce que j'avais peur, commença-t-elle lentement. Peur d'aimer quelqu'un… et de le perdre. Ou de commettre des erreurs. Elever un enfant, c'est une immense responsabilité, Leo. La plus grande.

— Et tu te sens prête à l'assumer, maintenant ?

— Oui, avec ton aide.

En réalité, Margo ne se sentait pas du tout prête. Elle se sentait incompétente, coupable, et elle avait toujours peur.

— Tu peux compter sur moi, répliqua Leo. Nous y arriverons. Ensemble.

A ces mots, elle sourit en refoulant ses larmes. Elle désirait le croire. Elle y parvint presque.

— J'espère que cette infusion va t'aider à dormir, reprit-il en baissant les yeux sur la tasse.

Il allait partir. Et elle ne voulait pas qu'il parte, réalisa Margo.

— Merci, Leo…, murmura-t-elle.

— De quoi me remercies-tu ? s'étonna-t-il en se tournant de nouveau vers elle.

— D'être… aussi gentil.

Il laissa échapper un son étouffé ressemblant vaguement à un rire.

— Je ne pense pas avoir été très gentil avec toi, Margo.

— Tu étais en colère. Tu pensais que je t'avais trompé — tu le penses peut-être encore. Mais, en dépit de cela, tu as accepté de m'épouser, et tu… tu t'es soucié de mon confort.

Après l'avoir regardée un long moment en silence, Leo se leva.

— Ce n'est vraiment pas grand-chose.

— Je t'en suis quand même reconnaissante.

Après un instant d'hésitation, il répliqua :

— Va te recoucher, Margo.

Puis il s'éloigna et quitta la pièce.

Allongé sur le dos, Leo contemplait le plafond sans parvenir à trouver le sommeil. Tant de choses s'étaient passées ce jour-là. Notamment ces petits moments de tendresse qui l'avaient mis si mal à l'aise, l'avaient troublé. Il aurait été si facile de tout recommencer avec Margo. De tomber amoureux d'elle…

Avant d'être rejeté. Encore une fois.

Car les raisons qui avaient poussé Margo à le repousser existaient toujours. D'autant que les propos qu'ils venaient d'échanger le laissaient perplexe. Sous son vernis de femme sophistiquée et sûre d'elle, Leo avait découvert la vulnérabilité et la peur de Margo. Et cela lui avait fait un choc. Il avait entrevu une profonde tristesse chez la femme avec qui il avait vécu une liaison passionnée, et qu'il allait épouser le lendemain.

Le test n'était qu'une formalité. Leo savait que le bébé était de lui. Et Margo le savait aussi. Alors, une fois qu'ils seraient mariés, ils réussiraient à construire quelque chose. Peut-être pas une fabuleuse histoire d'amour, mais une union solide, affectueuse et concrète.

Puis il se rappela son refus de l'épouser, quatre mois plus tôt, et se souvint qu'elle voyait leur mariage comme un sacrifice. Comment construire quoi que ce soit sur une base pareille ? Et, même si c'était possible, le désirait-il ?

Leo en avait soupé d'essayer d'obtenir la confiance ou l'affection d'autrui. Durant toute son enfance, il avait tout fait pour attirer l'attention de son père. Pour gagner son amour. Mais Evangelos Marakaios ne se préoccupait que de son entreprise, et de la transmettre à son fils aîné. A ses yeux, Leo n'était qu'un héritier de rechange. Inutile. Superflu.

A la mort de son père, Leo avait espéré que son frère l'impliquerait davantage dans la direction de l'entreprise familiale, mais Antonios l'avait exclu encore plus que leur père, lui refusant toute responsabilité, tout pouvoir.

Jusqu'à ce que, six mois plus tôt, son frère lui dise enfin la vérité et lui révèle qu'Evangelos s'était lancé dans des transactions risquées, voire illégales, et que Marakaios Enterprises avait frisé la faillite. Leur père l'avait caché à tout le monde, excepté Antonios, à qui il avait tout avoué. Après sa mort, Antonios avait gardé le secret, pendant dix ans.

C'était sur les instances de sa femme, Lindsay, qu'il s'était finalement décidé à parler. Mais, même si Leo avait été heureux de connaître enfin la vérité, le souvenir de ces dix années de souffrance, de colère, de rejet le rongeait encore. Son père et son frère, les deux êtres qui comptaient le plus pour Leo, lui avaient menti. Ils ne l'avaient pas jugé digne de confiance. Ils ne l'avaient pas aimé.

Alors, après s'être acharné en vain à essayer de les faire changer, il n'avait pas envie de revivre la même chose avec celle qui allait devenir sa femme.

Leo ferma les yeux et poussa un long soupir. Il était temps de dormir, de ne plus penser à Margo et de ne plus chercher à revenir en arrière. Mieux valait vivre au présent, au jour le jour, et protéger son cœur.

Ce mariage serait une transaction, un arrangement à l'amiable, oui, et qui leur conviendrait à tous les deux. Rien de plus.

7.

Margo se brossa les cheveux en se demandant s'il valait mieux se marier en robe-pull ou en jean.

A vrai dire, contrairement à ce que Leo semblait penser, elle ne désirait pas un mariage traditionnel, mais, franchement, elle aurait bien aimé choisir au moins une nouvelle robe pour l'occasion…

Tout en soupirant, elle se noua les cheveux en queue-de-cheval et partit à la recherche de Leo.

Elle le trouva dans la cuisine où il avait préparé le petit déjeuner : pain grillé, café, yoghourt et fruits. Et biscottes.

— Je sais que tu n'en voudras sans doute pas, dit-il en désignant la table, mais…

— Merci, murmura Margo en s'asseyant.

Elle mit un peu de yoghourt dans un bol et y ajouta du miel tandis que Leo se levait et revenait avec une tasse d'infusion au gingembre.

— Comment as-tu… ?

— Tu avais laissé la boîte sur le plan de travail. C'est la seule chose qui passe, apparemment. Avec les biscottes.

— Oui, à peu près.

Soulevant sa tasse, Margo prit une gorgée d'infusion en essayant de calmer l'agitation qui régnait dans son esprit. Les attentions de Leo la déstabilisaient. C'était plus simple quand il se montrait brusque, froid… Car sa gentillesse la touchait au cœur, l'emplissant de regrets et de désirs.

— Pourquoi fais-tu ça, Leo ?

— Pourquoi est-ce que je fais quoi ?

— Tout ceci, fit-elle en désignant le petit déjeuner. Tu es si… attentionné.

L'ombre d'un sourire se dessina sur ses lèvres.

— Il ne faut pas ?

— Si, mais…

— Je ne veux pas que nous nous battions tout le temps, Margo. Ce n'est bon ni pour toi, ni pour moi, ni pour le bébé.

Il hésita un instant avant d'ajouter :

— La secrétaire du cabinet médical a appelé ce matin, pour donner les résultats du test.

— Alors maintenant, tu sais.

— Et, toi, tu le savais dès le début.

— Je t'ai dit qu'il n'y avait eu personne d'autre, Leo.

— Je te crois. Le mariage aura lieu à la mairie, à 14 heures. Nous pourrons rentrer directement après.

— D'accord.

— Nous avons besoin de deux témoins. J'ai pensé faire venir deux employés de la société qui travaillent aux bureaux d'Athènes.

— Très bien.

Leo baissa les yeux sur la robe-pull qu'elle portait depuis deux jours.

— Tu as autre chose que cette robe ?

— Oui, un jean.

Il souleva sa tasse de café en fronçant les sourcils.

— Dans ce cas, nous irons faire du shopping ce matin. Si tu te sens suffisamment bien ?

Après avoir failli répliquer que ce n'était pas la peine, Margo hocha la tête en silence.

Si bien qu'une demi-heure plus tard, Leo la faisait entrer dans l'une des boutiques de luxe de la rue Voukourestiou, en plein cœur du quartier chic de Kolonáki.

Autour d'un canapé recouvert de cuir blanc, quelques

vêtements de créateurs sélectionnés avec soin étaient suspendus à des fils argentés.

Etant donné que leur mariage était une transaction d'affaires, un tailleur gris pastel devrait convenir…

— Qu'en penses-tu ? fit-elle en se rapprochant de celui-ci.

— Ce n'est pas l'idéal, comme robe de mariée…

— Il ne s'agit pas d'un vrai mariage, Leo.

— Il n'y aura qu'une petite cérémonie civile, mais ce sera néanmoins un vrai mariage.

Sur ces paroles, il désigna une robe empire de soie ivoire rebrodée de perles de cristal, cintrée sous la poitrine et s'évasant en plis souples au niveau de la taille et des hanches.

— Que dirais-tu de celle-ci ? demanda-t-il en se retournant vers Margo.

Elle hésita. La robe était ultra-féminine, totalement différente de celles qu'elle portait d'ordinaire. Mais elle lui plaisait.

— D'accord, je vais l'essayer.

Quand elle se regarda dans le miroir quelques instants plus tard, Margo fut surprise de la douceur que lui conférait la robe. En outre, la soie ivoire lui donnait meilleure mine et mettait en valeur ses yeux ainsi que la teinte de ses cheveux. La vendeuse lui apporta une paire d'escarpins ornés d'un petit strass sur le dessus parfaitement assortis à la robe.

— Alors ? demanda Leo derrière le rideau.

— Tu ne dois pas la voir avant la cérémonie, répondit Margo. Mais je crois que ça ira.

A la caisse, elle proposa de payer, mais Leo la fit taire d'un seul regard et tendit sa carte bancaire à la vendeuse.

— Nous allons retourner à l'appartement pour que tu te reposes avant d'aller à la mairie, dit-il en prenant le grand sac blanc sur lequel le logo du créateur figurait en grands caractères noirs.

*
* *

Douchée, vêtue de sa nouvelle robe et des escarpins, les cheveux remontés en chignon, Margo jeta un dernier regard à son reflet.

— Tu es prête ?

— Oui, j'arrive !

Dans moins d'une demi-heure, ils seraient mariés. Elle aurait prononcé des vœux qui la lieraient à Leo, à jamais.

Lorsqu'elle sortit de la chambre, il la regarda en écarquillant les yeux, puis hocha la tête.

— Tu es ravissante.

Il avait parlé d'une voix posée, mais une lueur brûlante couvait au fond de ses yeux sombres, qui électrisa Margo.

— Tu n'es pas mal non plus, répliqua-t-elle sur le même ton.

Ce qui était un euphémisme, car, dans ce costume gris anthracite et la chemise blanche sur laquelle tranchait une cravate de soie gris argent, Leo était absolument somptueux.

— Nous prenons la voiture, dit-il. Comme ça, nous partirons directement de la mairie. Je dois rentrer travailler.

Margo acquiesça d'un hochement de tête. Ce mariage n'était qu'un arrangement, se rappela-t-elle.

— Je vais chercher mon sac.

Le trajet s'effectua en silence, dans une atmosphère tendue. Le cœur battant à tout rompre, les mains moites, Margo se força à regarder devant elle. Il était trop tard pour revenir en arrière. De toute façon, elle ne le souhaitait pas, et elle respecterait ses vœux.

La mairie d'Athènes était un impressionnant bâtiment situé au cœur de la ville, mais le mariage eut lieu dans une petite pièce, devant quelques personnes seulement. Les deux employés de Leo l'accueillirent avec un sourire aimable, mais Margo imagina facilement qu'ils devaient s'interroger sur les raisons ayant poussé leur P-DG à se marier aussi soudainement, et sans aucun faste.

Dieu merci, sa robe dissimulait son ventre…

Le fonctionnaire s'éclaircit la gorge, puis y alla de son

petit discours et tout fut terminé en moins de cinq minutes. Margo avait à peine prononcé quelques paroles.

Lorsque Leo lui glissa un anneau d'or blanc au doigt, elle regarda celui-ci d'un air surpris.

— Quand as-tu… ?

— Je l'ai fait livrer par coursier.

Un frisson désagréable traversa Margo. Réaction stupide, se reprocha-t-elle aussitôt. Il ne s'agissait pas d'un mariage d'amour romantique ; par conséquent, ce genre de détail n'avait aucune importance, et n'aurait pas dû la blesser.

Ni le fait que Leo ne l'ait pas embrassée.

C'était même mieux ainsi.

Ils sortirent de la mairie par un beau soleil d'hiver, puis regagnèrent la voiture et quittèrent Athènes comme mari et femme, sans personne pour fêter l'occasion.

L'esprit en proie à un déferlement de pensées qu'il préférait ne pas creuser, Leo conduisit en silence durant presque une heure. La cérémonie avait été simple et brève, comme il l'avait souhaité, et pourtant il avait l'impression d'avoir déçu Margo. Et lui-même.

Il aurait été malvenu d'organiser un mariage traditionnel, à l'église. Cependant, ç'avait été une toute petite célébration alors qu'ils étaient en train de franchir un pas immense.

Désormais, ils étaient mariés. Leo portait de nouvelles responsabilités, vis-à-vis de son épouse et de leur enfant. Il les assumerait volontiers, mais il les sentait néanmoins peser sur ses épaules.

Pour commencer, il allait devoir présenter Margo à sa famille. A ses deux sœurs, Xanthe et Ava, qui vivaient à la propriété avec lui, et qui ouvriraient de grands yeux en le voyant revenir avec une femme surgissant de nulle part et manifestement enceinte.

Antonios avait fait la même chose avant lui, revenant d'un voyage d'affaires aux Etats-Unis avec une épouse inattendue, Lindsay. Avec sa détermination coutumière, son frère avait tout fait pour que Lindsay soit bien accueillie, mais Leo avait bien vu que sa belle-sœur avait beaucoup de mal à s'adapter, pour diverses raisons. Et elle n'était pas enceinte…

Il ne voulait pas faire subir une telle épreuve à Margo.

— Mes sœurs seront là, dit-il en se tournant vers elle.

— Tes sœurs ? s'exclama-t-elle en haussant les sourcils. Je ne savais même pas que tu en avais !

— J'en ai trois. Et un frère.

— Je savais que tu avais un frère, qui était P-DG avant toi.

— Oui, et deux de mes sœurs vivent dans la propriété. Elles vont souhaiter faire ta connaissance.

— Elles n'étaient pas là, il y a deux jours ?

— Non, elles étaient chez Parthenope, l'aînée, qui vit à côté de Patras, avec son mari et son fils.

— C'est la mère de Timon ?

— Oui.

— Et tes parents ? demanda Margo.

— Ils sont morts tous les deux.

— Je suis désolée. Il y a longtemps ?

— Mon père est décédé il y a dix ans. Ma mère il y a six mois.

— Quand nous étions ensemble ?

— Oui.

Leo ne lui en avait pas parlé. Comme de tant d'autres choses. Au fond, Margo avait eu raison de dire que leur relation ne menait nulle part.

— Elles ne vont pas être ravies, n'est-ce pas ? lança-t-elle au bout de quelques instants. De voir arriver une belle-sœur surprise — et enceinte, en plus…

— Oui, elles seront très… désarçonnées.

— Je comprends ! s'exclama Margo avec un rire étouffé. Est-ce qu'elles savaient au moins que tu… que nous…

— Non. Je n'ai jamais parlé de nous à personne.

— Et pourtant, tu m'avais demandé de t'épouser…

— Oui. Je réalise maintenant à quel point ma proposition a dû te paraître étrange. Cela a dû te faire un choc.

— Tu peux le dire !

Après un bref silence, elle demanda :

— Pourquoi me l'as-tu proposé, Leo, puisque tu ne m'aimais pas ?

— Le moment me semblait venu de me marier. Je venais d'être nommé P-DG et je savais qu'il me fallait un héritier, et j'avais besoin de stabilité. Et comme nous étions ensemble…

— C'était pratique, c'est ça ? enchaîna-t-elle avec un nouveau petit rire étouffé. Eh bien, ça l'est devenu effectivement, pratique…

— Je ferai en sorte que ma famille t'accepte comme maîtresse de maison. Tu peux compter sur mon entier soutien…

— Je ne veux bousculer personne, Leo, protesta Margo.

— Tu es ma femme, aussi ton rôle sera-t-il…

— Je sais, l'interrompit-elle en s'appuyant la nuque au repose-tête. Et je ferai tout mon possible pour l'assumer. Laisse-moi seulement un peu de temps, d'accord ?

— Et toi, tu n'as vraiment aucune famille ? demanda alors Leo. Si tu veux, tu peux inviter…

— Non, le coupa-t-elle d'un ton neutre, le visage tourné vers la vitre. Il n'y a personne à inviter.

— Même pas ta mère ?

— La dernière fois que je l'ai vue, j'avais douze ans.

Peut-être n'aurait-il pas dû être surpris ni choqué. Ces derniers jours, il avait découvert un gouffre insondable dans le passé de Margo. S'il ne l'avait pas remarqué avant, c'est sans doute qu'elle avait pris soin de le dissimuler.

— Pourquoi ? l'interrogea-t-il avec calme.

— Elle n'était pas une très bonne mère, répondit brièvement Margo en haussant une épaule.

De toute évidence, elle ne souhaitait pas en parler,

aussi décida-t-il de ne pas insister. La journée avait déjà été assez riche en émotions.

— Je suis désolé.

— Moi aussi.

Il y avait eu une telle tristesse dans sa voix que l'espace d'un instant Leo songea à s'arrêter pour prendre Margo dans ses bras afin de la réconforter.

Mais elle redressait déjà la tête et les épaules, tandis que l'émotion se dissipait comme si elle n'avait jamais existé.

Ensuite, ils n'échangèrent plus un mot jusqu'à leur arrivée à Amphissa.

8.

Lorsque la voiture s'engagea dans l'allée conduisant à la villa Marakaios, Margo s'efforça de se détendre.

Désormais, ce serait sa maison. Il y avait également d'autres bâtiments disséminés çà et là dans la propriété, qui formait un vaste complexe.

— A quoi servent les autres bâtiments ?

— En plus des bureaux, il y a une villa pour les invités, d'autres réservées aux employés de la maison, et une autre, plus grande, où je vivais avant de revenir m'installer à la villa familiale.

— Quand as-tu déménagé ?

— Après être devenu P-DG de Marakaios Enterprises.

— Au fait, pourquoi ton frère t'a-t-il laissé sa place ?

— Il avait envie de changer, de s'occuper d'investissements, répondit brièvement Leo.

A cet instant, deux grandes jeunes femmes brunes sortirent de la maison et se dirigèrent vers la voiture que Leo venait de garer devant la porte principale.

Dès qu'il posa le pied sur le sol, la première s'adressa à lui dans un torrent de grec, les mains arrimées sur les hanches. Il allait falloir qu'elle apprenne la langue de son mari, songea Margo. Ce qui serait une excellente manière de s'occuper durant sa grossesse.

Leo lui ouvrit sa portière tandis que son autre sœur venait les rejoindre et se lançait à son tour dans un flot de paroles, accompagné de gestes de ses longues mains fines.

Sans lui répondre, il offrit son bras à Margo qui sortit de la voiture sous le regard médusé des deux sœurs qui la dévisageaient en silence.

— *Kalispera*, dit-elle en affichant un sourire artificiel.

L'une d'elles se tourna vers Leo et lui adressa quelques mots rapides, qu'il interrompit d'un geste de la main.

— Parle anglais, s'il te plaît, Xanthe. Ma femme ne comprend pas le grec.

— Ta femme ? répéta, en anglais, sa sœur en écarquillant ses grands yeux noirs.

— Oui, ma femme. Nous nous sommes mariés cet après-midi et, comme vous pouvez le constater, elle attend notre premier enfant.

Il posa la main sur les reins de Margo.

— Je suis heureux de vous présenter Margo Ferrars — désormais Margo Marakaios.

Puis il tourna la tête vers elle.

— Margo, mes sœurs : Xanthe et Ava.

— Je suis ravie de faire votre connaissance, dit Margo.

Les deux jeunes femmes hochèrent la tête d'un air crispé, mais elle ne leur en voulut pas de cet accueil plus que réservé. Elles étaient sous le choc.

— Viens, dit Leo en l'entraînant vers la villa.

Dès qu'ils eurent franchi le seuil, Maria vint les saluer et s'adressa à Leo avant de se tourner vers Margo avec une mimique désolée.

— Maria ne parle pas anglais, expliqua Leo. Mais je lui ai dit que nous étions mariés.

Margo acquiesça d'un petit mouvement de tête. Elle ne savait comment interpréter l'expression de la gouvernante, mais elle se sentait trop dépassée pour s'en préoccuper. La journée avait été terriblement éprouvante, et elle n'avait plus assez d'énergie pour affronter aucune de ces femmes.

— Leo, je suis fatiguée. J'aimerais me reposer.

— Bien sûr. Je vais te montrer ta chambre.

Trois regards curieux la suivirent tandis qu'elle s'avançait avec Leo dans l'immense hall. Après avoir emprunté un long couloir, il la fit bientôt entrer dans une superbe chambre toute de bleu pâle et d'ivoire.

— Voici ta chambre. J'occupe celle qui se trouve à côté, expliqua Leo en désignant une porte lambrissée.

Ainsi, ils dormiraient dans des chambres séparées. A vrai dire, Margo ne savait pas très bien ce qu'elle en pensait. Et elle était si fatiguée que mieux valait ne pas chercher à analyser les émotions contradictoires qui l'agitaient.

— Merci, chuchota-t-elle.

— Appelle Maria si tu désires quoi que ce soit, répliqua-t-il. Et, si tu as besoin de quelque chose la nuit, je suis à côté…

Elle déglutit avec peine. C'était leur nuit de noces et ils la passeraient séparément. Ce qui était tout aussi bien. Elle n'aurait d'ailleurs pas dû souhaiter autre chose.

— Ça ira, ne t'inquiète pas.

Une main posée sur la poignée de la porte, Leo la regarda en silence, comme s'il avait du mal à la quitter.

Mais il s'en alla néanmoins et, dès qu'il eut refermé la porte, Margo se dirigea vers le lit et s'assit avant de se prendre la tête entre les mains. Cela faisait longtemps qu'elle ne s'était sentie aussi seule. Aussi isolée, loin de tout.

Son appartement lui manquait. Sa vie lui manquait, son travail qui lui avait donné un but, une sécurité. Ses amis, comme Sophie, qu'elle n'avait jamais laissés approcher de trop près mais qui s'étaient néanmoins révélés précieux.

Elle allait envoyer un SMS à Sophie et lui raconter tout ce qui s'était passé… Non, mieux valait dormir. Et, après une bonne nuit de sommeil, elle verrait sans doute les choses sous un meilleur jour.

Et cette fichue nuit de noces serait au moins terminée.

Seul dans sa chambre, Leo s'installa dans un fauteuil à côté de la fenêtre, un verre de whisky à la main. Il avait essuyé une véritable avalanche de questions, ses sœurs voulant absolument savoir comment il avait rencontré Margo et pourquoi il l'avait épousée.

— Elle porte mon enfant, avait-il fait remarquer d'une voix tendue.

— Nous sommes au XXIe siècle, Leo ! s'était exclamée Xanthe en roulant des yeux. Les mères célibataires ne sont plus reléguées au ban de la société !

— J'ai des principes.

Mais en vérité Leo n'avait pas épousé Margo uniquement parce qu'elle était enceinte de lui. Il l'avait fait parce qu'il désirait l'épouser. Comme il le désirait déjà quatre mois plus tôt.

Et maintenant, c'était leur nuit de noces et il était là, tout seul, à boire son deuxième whisky, alors que ce dont il brûlait d'envie, c'était de prendre Margo dans ses bras pour la sentir fondre contre lui…

Leo vida son verre en marmonnant un juron. La nuit allait être très longue.

Lorsqu'elle se réveilla le lendemain matin, Margo avait la poitrine nouée. Elle allait devoir affronter les sœurs de Leo, le personnel… se retrouver dans l'univers inconnu dont elle faisait maintenant partie…

Allongée sur le dos, elle contempla le plafond tandis que le soleil hivernal filtrant à travers les rideaux baignait la pièce. Elle, la gamine qui avait quasiment grandi dans la rue, venait d'atterrir dans un vrai palace…

Margo se redressa sur son séant puis, une fois le vertige habituel passé, se leva. Même si elle redoutait la journée qui l'attendait, elle l'affronterait. Elle avait vécu pire ! Et peu importait l'attitude de ses belles-sœurs, c'était sa nouvelle vie. Alors elle devrait s'y faire, et l'accepter en se concentrant sur ses bons côtés.

Après avoir pris une douche revigorante, Margo enfila

son jean et le seul pull qu'elle avait emporté, et sortit de la chambre pour se rendre au rez-de-chaussée.

Tout en descendant l'escalier monumental, elle entendit les voix des sœurs de Leo provenant de la salle à manger. Elle n'avait pas besoin de comprendre le grec pour deviner de quoi elles parlaient, avec une certaine amertume, voire avec colère.

Margo inspira profondément, carra les épaules, et entra dans la vaste pièce.

— *Kalimera.*

Sa connaissance du grec se limitait à quelques mots : bonjour, bonsoir, merci, oui… mais elle tenait à afficher sa bonne volonté.

Xanthe et Ava se turent et se forcèrent à sourire tandis que Margo s'installait en face de Leo et prenait sa serviette blanche. Sur la table, elle vit des yoghourts, des fruits et des pâtisseries, du café, du thé et du jus de fruits.

— Bonjour, dit Leo en anglais. Tu as bien dormi ?

Margo sentit la surprise de ses sœurs mais, de toute façon, tout le monde saurait vite qu'ils n'avaient pas passé la nuit ensemble, songea-t-elle en commençant à remplir son assiette, surtout pour se donner une contenance car elle n'avait pas faim.

De son côté, Leo pinça les lèvres et souleva sa tasse de café.

— Oui, très bien, répondit-elle avec calme.

Ils ne se conduisaient pas comme des jeunes mariés mais comme de parfaits étrangers, ce qui n'échappa pas aux deux sœurs qui les dévisageaient tour à tour d'un air interrogateur.

— Après le petit déjeuner, je pensais t'emmener faire un petit tour de la propriété, reprit Leo d'un ton neutre. Cela te tente ?

— Oui. Avec plaisir.

— Leo ne nous a rien dit vous concernant, intervint

Xanthe après quelques instants d'un silence tendu. D'où venez-vous ?

Cessant de feindre de s'occuper du contenu de son assiette, Margo leva les yeux et croisa le regard de sa belle-sœur.

— Je vivais à Paris, dit-elle avec un sourire qu'elle voulut amical.

— J'adore Paris ! s'exclama Ava. Ça a dû être dur de partir !

Margo se tourna vers Leo, dont le visage demeurait impassible.

— Un peu, reconnut-elle, mais j'ai d'autres projets sur lesquels me concentrer, maintenant.

Sans réfléchir, elle posa la main sur son ventre et ce simple geste sembla suffire à prévenir toute autre question. Quelques instants plus tard, Xanthe et Ava quittèrent la table après s'être excusées, laissant Margo seule avec Leo.

— Je suis désolé, dit-il au bout d'un court silence. Elles finiront par t'accepter. Il suffit d'un peu de patience.

— Peut-être. Mais, de toute façon, j'assumerai mes devoirs.

A sa grande stupeur, il jeta sa serviette sur la table et se leva d'un mouvement brusque.

— Je ne veux pas t'entendre parler de devoirs, fit-il en fronçant les sourcils. Viens me retrouver dans mon bureau quand tu seras prête.

Sidérée, Margo le regarda sortir de la salle à manger. Elle l'avait agacé, mais elle ne savait ni comment ni pourquoi…

Elle prit une cuillerée de yoghourt en soupirant, puis grignota une pâtisserie avant d'aller retrouver Leo.

Mais, comme elle eut un peu de mal à s'orienter, elle ouvrit plusieurs portes avant de tomber sur la bonne, qui était entrebâillée.

Après avoir frappé, Margo la poussa tandis que Leo levait les yeux et que son visage s'éclairait un peu.

— Tu as mangé quelque chose ?

— Oui. Ça va, ne t'inquiète pas.

Il hésita un instant avant de répliquer :

— Maria va se procurer des biscottes. Et les choses vont s'améliorer, tu verras. Au fur et à mesure que tu t'habitueras à ta nouvelle maison.

— Je l'espère. Mais parfois, je ne comprends pas ce que tu veux, Leo. Tout à l'heure, dans la salle à manger, tu avais presque l'air en colère…

— Oui, je sais, admit-il en tambourinant sur son bureau du bout des doigts.

— Je voudrais que nous soyons sur la même longueur d'onde, poursuivit Margo. Quelle qu'elle soit…

— Je crois qu'il nous faudra du temps pour savoir où nous en sommes, répliqua-t-il enfin. En attendant, nous pouvons toujours nous concentrer sur les questions pratiques.

Il baissa les yeux sur son pull, puis sur son jean.

— Tu as besoin de vêtements et de divers accessoires. Nous pouvons les commander en ligne ou aller à Amphissa…

— J'aimerais faire venir des affaires de Paris. Je dois aussi parler avec mes anciens collègues, et mettre mon appartement en vente.

— Tu n'as pas besoin de le vendre. Nous pouvons tout à fait nous permettre de le garder, et cela pourrait être agréable d'avoir un pied-à-terre là-bas.

Surprise par sa générosité, Margo le regarda en battant des cils.

— Tu en es sûr ?

Il soutint son regard.

— Oui, répondit-il. Notre mariage ne doit pas se résumer à une notion de sacrifice ou de devoir, Margo.

— Ce n'est pas ce que je voulais dire…

— Non ? l'interrompit-il en haussant un sourcil. Parfois, j'ai l'impression que tu te raidis dès que je t'approche.

Il se leva et enfila sa veste.

— C'est étrange que tu aies maintenant autant de mal à être avec moi, alors que nous avons passé pas mal de temps ensemble durant deux ans, poursuivit-il. Mais peut-être disais-tu vrai en m'expliquant que tu avais l'intention de rompre — qu'il y ait eu un autre homme dans ta vie ou non.

Interloquée, Margo le contempla en silence.

— Leo, je pensais que c'était toi qui avais du mal à être avec moi, dit-elle enfin. Tu m'en veux depuis des mois, et…

— Je ne t'en veux pas.

— Ah bon ? Si je te donne l'impression de me raidir, c'est parce que je me prépare à t'affronter, à supporter ce que tu vas dire… Parfois, on dirait que tu me punis encore de t'avoir repoussé il y a quatre mois.

Le regard glacial, le visage impénétrable, il la regarda un long moment tandis qu'elle attendait en retenant son souffle.

— Je ne te punis pas. Plus maintenant. Je reconnais que, lorsque tu es arrivée ici… alors que je croyais que tu m'avais trompé, j'ai pu réagir avec colère, et même avec mépris.

Il soupira en se passant la main dans les cheveux.

— Par dépit, sans doute, admit-il lentement. Mais je ne veux plus me comporter ainsi. Nous devons avancer, Margo, et rendre ce mariage vivable, pour nous deux.

— C'est-à-dire ?

— Ça, je ne le sais pas encore. Nous le découvrirons sans doute petit à petit.

Il passa devant elle pour gagner la porte.

— Viens, je vais te faire visiter le reste de la villa.

Après lui avoir montré un grand salon officiel puis un plus petit, à l'air accueillant, Leo lui en fit découvrir un autre, équipé d'un immense écran de télévision. Ensuite, il l'emmena dans une deuxième salle à manger, plus intime ; dans le salon de musique, où trônait un piano à queue laqué noir ; à la bibliothèque. Quand il ouvrit la porte d'une seconde cuisine, pour les réceptions, Margo se sentit dépassée. La maison était gigantesque…

— Qu'attends-tu de moi exactement, Leo ? demanda-t-elle quand ils regagnèrent le couloir.

— Comment cela ? répliqua-t-il en plissant le front.

— Eh bien, quelles vont être mes responsabilités ?

— Margo, nous sommes mariés, tu es la…

— La maîtresse de maison, oui, je sais, mais en quoi cela consiste-t-il, au juste ?

— Tu peux faire ce que tu veux, Margo. Si tu veux discuter des menus avec Maria ou de problèmes concernant la maison en général, fais-le. Si tu as envie de faire refaire la décoration, tu as carte blanche. J'essaie de te donner de la liberté, Margo, pas de t'encombrer d'obligations ou de devoirs.

— Merci, dit-elle après un silence.

Que dire d'autre ? Margo avait beau avoir été responsable du secteur décoration dans un grand magasin, elle imaginait déjà la réaction des sœurs de Leo si elle se permettait de changer ne serait-ce qu'un coussin… Quant aux repas, ses talents culinaires étaient plus que limités, alors prévoir des menus pour toute une maisonnée…

Néanmoins, elle pouvait faire un petit effort, non ?

— Est-ce que Xanthe et Ava prennent tous leurs repas à la villa ? demanda-t-elle.

— Elles vont et viennent. Elles ne travaillent pas vraiment ni l'une ni l'autre, bien que Xanthe s'occupe plus ou moins des relations publiques pour Marakaios Enterprises. Ava se rend souvent à Athènes : je soupçonne qu'elle y retrouve quelqu'un, mais elle reste très mystérieuse sur le sujet.

Ainsi, elle aurait les deux sœurs à proximité, qui l'observeraient, la jugeraient…

— Tu te sens bien ? demanda Leo d'un air inquiet.

— Oui. Je me sens même un peu mieux aujourd'hui, dit Margo avec un sourire forcé. Une nuit de sommeil a beaucoup contribué à cette amélioration, je crois. Mais c'est vrai que j'ai besoin de vêtements et de diverses choses.

— Je peux t'emmener à Amphissa cet après-midi, si

tu veux. Et, si tu prépares une liste des affaires que tu souhaites faire venir de Paris, je m'occuperai de la logistique.

— D'accord.

Pourtant, Margo n'aimait pas beaucoup l'idée que quelqu'un fouille dans ses affaires. Mais un aller-retour Athènes-Paris aurait été au-dessus de ses forces et, par ailleurs, elle appréciait vraiment la gentillesse de Leo.

Une fois à l'étage, il lui désigna les suites de Xanthe et d'Ava, dans une aile séparée de celle où se trouvaient les leurs. Puis, quelques instants plus tard, il ouvrit la porte donnant sur une petite pièce située à proximité de la chambre de Margo.

— J'ai pensé que, quand le moment viendra, ce pourrait être la chambre d'enfant.

Emue, elle contempla l'espace nu aux murs peints d'un camaïeu de verts clairs et d'ivoire.

— Tu peux la faire redécorer à ton goût, bien sûr, reprit Leo. As-tu…

Il s'éclaircit la gorge avant de poursuivre.

— As-tu une préférence quant au sexe du bébé ?

Un tourbillon d'images envahit l'esprit de Margo, de petites robes roses ou blanches, de petits ensembles bleus…

— Non. J'avoue que je ne me suis pas aventurée à y penser.

— Pas aventurée ? répéta-t-il en fronçant les sourcils.

Margo hésita. Elle ne voulait pas exprimer sa peur. Ses peurs. Celle de perdre son enfant, par exemple. Ou de se tromper et de commettre un acte irréversible.

— Jusqu'à présent, je me suis contentée de m'assurer que le bébé était en bonne santé, dit-elle. Tu veux le savoir, toi ?

— Je n'y ai pas réfléchi, répondit Leo en se frottant la mâchoire. Mais je crois que oui… — si tu le souhaites aussi. Cela nous aiderait à nous préparer. Ce serait plus réel.

— Oui, sans doute.

— Le Dr Tallos a recommandé un confrère, à Amphissa. Pour la prochaine échographie, dans trois semaines.

— Juste avant Noël.

Quel merveilleux présent ce serait, de savoir qu'elle portait un bébé en bonne santé, garçon ou fille.

— Margo, qu'y a-t-il ? demanda Leo en lui prenant doucement le menton.

Son regard fouilla le sien, intense, interrogateur.

— Rien…

— Tu as l'air… effrayée.

La gorge serrée, Margo s'efforça de sourire.

— C'est juste que je ne veux pas qu'il arrive quelque chose au bébé.

— Que pourrait-il lui arriver ? A quoi penses-tu… ?

Comment lui parler d'Annelise ? Comment lui dire que du jour au lendemain sa petite sœur avait été emportée… Qu'elle-même s'était retrouvée seule, vide, le cœur brisé.

— Margo, insista Leo d'un air inquiet.

— C'est mon premier enfant, lui rappela-t-elle doucement. Alors je suis un peu nerveuse, c'est normal.

A en juger par l'expression de Leo, il ne fut pas dupe, mais cette fois il n'insista pas.

9.

Ils avaient trouvé un rythme qui leur convenait à tous deux, songea Margo une semaine plus tard. Leo travaillait quasiment toute la journée tandis que, de son côté, elle flânait.

De toute façon, avec ses nausées et la fatigue causée par celles-ci, elle n'était pas capable de faire grand-chose.

Les jours passant, ces fichues nausées finirent heureusement par diminuer, si bien qu'elle ressentit vite le besoin de se trouver un but.

Xanthe et Ava s'étaient un peu radoucies à son égard, ce qui lui facilitait la vie. Et puis, ses affaires étaient arrivées de Paris. En plus de vêtements et de différentes choses dont elle avait besoin, Margo avait fait venir quelques affaires personnelles : des tableaux achetés au fil des années, des objets décoratifs, des livres. C'était à la fois étrange et réconfortant de les disposer dans la chambre qu'elle ne s'était pas encore complètement appropriée, mais elle leur chercha une place avec plaisir.

Un après-midi, elle alla à Amphissa et se promena dans les rues en faisant du lèche-vitrines. Après être entrée dans une boutique pour enfants, Margo s'arrêta devant les berceaux et les poussettes, fascinée par l'étendue du choix…

Quand elle regagna la propriété et déboucha devant la villa, elle vit Leo en sortir, l'air furieux.

Sans même lui laisser le temps de couper le contact, il ouvrit sa portière et se pencha vers elle.

— D'où viens-tu ?

— Je suis allée à Amphissa. J'ai prévenu Maria.

Elle avait en effet appris suffisamment de grec, et Maria d'anglais, pour communiquer avec la gouvernante.

— *Toute seule ?*

— Leo, je suis…

— Tu es enceinte, la coupa-t-il d'un ton sévère.

— Ce n'est pas une maladie, Leo.

— Tu as souffert de nausées extrêmement violentes, Margo. Et je t'ai vue en proie à de sérieux vertiges. Et si tu en avais eu un au volant ?

Il avait raison, songea Margo en sentant ses vieilles terreurs resurgir. Mais elle ne pouvait pas vivre en recluse à la villa !

— Si je reste ici toute la journée, je vais devenir folle, Leo.

Sur le moment, il resta silencieux, puis son beau visage se détendit et il sourit.

— Tu es belle, dit-il simplement en tendant la main pour lui repousser une mèche derrière l'oreille. J'ai toujours aimé tes cheveux et j'adorais te voir défaire ton chignon, autrefois.

D'un coup, Margo revit le moment où, alors que ses cheveux ruisselaient sur son dos nu, Leo la prenait dans ses bras et les repoussait pour l'embrasser sur la nuque…

— Je comprends que tu ressentes le besoin de sortir, poursuivit-il. Mais tu n'as même pas de téléphone portable, puisque le tien ne fonctionne pas…

— Alors je pourrais peut-être en avoir un nouveau. Je ne peux pas vivre comme dans une prison, Leo.

— C'est hors de question, en effet. Je vais te commander un portable dès aujourd'hui. Excuse-moi, j'aurais dû y penser plus tôt.

— Merci.

— Au fait, reprit Leo, que dirais-tu d'organiser une soirée, pour fêter ton arrivée et te présenter aux amis et voisins ? A condition que tu sois suffisamment en forme, bien sûr.

— J'adorerais ça ! répondit Margo avec élan. Et je me sens vraiment beaucoup mieux !

Dès qu'elles apprirent la nouvelle, Xanthe et Ava s'agitèrent dans tous les sens en débordant d'enthousiasme. Elles allèrent prévenir Maria, fixèrent une date, prirent contact avec les traiteurs, puis envoyèrent des invitations à toutes les relations de la famille.

Et elles emmenèrent Margo faire du shopping. Effrayée d'être accompagnée de deux juges surveillant ses essayages, Margo refusa d'abord, mais elles insistèrent tant qu'elle finit par céder.

Avant de partir, Ava lui demanda en baissant les yeux sur son ventre :

— Tu n'es pas encore prête à porter des vêtements de maternité. Tu es enceinte de combien, au fait ?

— Un peu plus de dix-huit semaines.

— Tu es si mince ! soupira Xanthe avec envie. Comme la plupart des Parisiennes… Tu ne manges jamais ?

— Je ne mange pas grand-chose ces temps-ci, reconnut Margo. Mais d'habitude, si !

Elle repensa soudain aux marshmallows qu'elle gardait en secret, et que Leo avait découverts un jour dans son sac…

— Tu souris comme un chat qui vient de déguster un bol de crème, fit remarquer Ava avec malice.

— Je repensais à quelque chose…

— Dis donc, qu'est-ce qui se passe, entre Leo et toi ? demanda alors Xanthe tout à trac. Parce que manifestement… vous avez été ensemble, puisque tu es enceinte de lui… Mais vous…

Après s'être interrompue, elle échangea un regard en biais avec sa sœur.

Margo soupira. Elle avait compris qu'Ava et Xanthe

n'étaient pas du tout méchantes, au contraire — même si elles avaient un peu trop tendance à se mêler de ses affaires… Et puis, elles méritaient de connaître la vérité. Ou du moins ce qu'elle pouvait leur en dire sans trahir Leo.

— Nous étions ensemble, oui. Mais disons que notre liaison s'était… refroidie quand je suis tombée enceinte.

— Accidentellement ? demanda Xanthe d'un air interloqué.

— Mais oui, ne sois pas stupide ! intervint sa sœur.

Celle-ci se tourna vers Margo.

— Et alors, tu l'as annoncé à Leo ?

— Oui. Je pensais ne jamais avoir d'enfants, mais…

— Pourquoi ? l'interrompit Xanthe.

— Sans doute parce que je me focalisais sur ma carrière, répondit Margo après une légère hésitation.

Ce n'était vrai qu'en partie, mais elle n'allait pas parler de ses peurs à ses belles-sœurs.

— Bon, si on allait te chercher une robe ? lança Ava.

Ravie de cette diversion, Margo sortit de la maison avec ses belles-sœurs et, quelques instants plus tard, elles partaient toutes trois en direction d'Amphissa.

A sa grande surprise, elle passa un après-midi très agréable avec Ava et Xanthe qui, découvrit-elle, pouvaient se montrer très drôles.

Elles tombèrent finalement d'accord sur une robe de soie bordeaux qui faisait ressortir le teint clair de Margo et la couleur de ses cheveux et de ses yeux. De coupe empire elle aussi, la robe n'attirait pas l'attention sur son ventre mais ne dissimulait pas non plus sa grossesse.

— Sobre, élégante, et juste ce qu'il faut de sexy, déclara Ava d'un ton satisfait. Parfaite : Leo va adorer.

Avec un petit frisson, Margo se rendit compte qu'elle désirait plaire à Leo. Elle voulait être belle pour lui, comme autrefois. C'était peut-être dangereux, mais, entraînée par l'ambiance joyeuse de cet après-midi partagé avec ses belles-sœurs, elle ne tenta pas de le réprimer. Après tout, Leo était son mari. Alors, pourquoi n'aurait-elle pas envie de lui plaire, d'être désirable ?

Le soir de la réception, alors qu'elle se tenait devant le haut miroir de sa chambre, Margo se demanda de nouveau ce que Leo allait penser de sa robe. Elle avait fait son chignon habituel, mais dans une version un peu moins stricte, laissant quelques mèches fines auréoler son visage. Elle s'était également maquillée avec soin, soulignant ses yeux bruns d'eye-liner et de mascara noirs, et choisissant un beau rouge à lèvres rouge foncé assorti à la teinte de sa robe.

Elle ressemblait un peu plus à la femme qu'elle avait été autrefois. La Margo qui se protégeait sous des tenues de créateur et un maquillage sophistiqué, qui se baladait sur des talons d'au moins douze centimètres. Et pourtant, elle n'était plus cette femme glamour et sûre d'elle. Son visage était plus rond, son ventre aussi, bien sûr, mais, surtout, Margo se sentait moins sur ses gardes.

Peut-être sa nouvelle vie l'avait-elle changée peu à peu, sans même qu'elle ne s'en rende compte. Elle vivait entourée de gens charmants, alors qu'auparavant elle avait vécu dans une sorte d'isolement. Depuis des années.

Des coups furent frappés à la porte séparant sa chambre de celle de Leo. Il l'empruntait de temps en temps, pour venir lui souhaiter la bonne nuit, ou pour lui parler de sujets divers. Il frappait toujours, et se contentait de brefs échanges concis.

Après s'être éclairci la gorge, Margo lui dit d'entrer.

— Est-ce que tu es… ?

Il s'arrêta, la main posée sur la poignée de la porte, comme frappé de stupeur. Margo le regarda, saisie elle aussi. Pour la première fois, elle le voyait en smoking :

la veste noire et la chemise de soie blanche lui allaient à la perfection, faisant ressortir son teint basané et ses cheveux de jais.

Fascinée, elle contempla le dessin déterminé de sa mâchoire, le relief de ses hautes pommettes. Et, quand elle vit une lueur de désir pur embraser les yeux de Leo, elle s'enflamma tout entière.

— Je venais voir si tu étais prête, reprit-il d'une voix rauque.

Il s'interrompit, les yeux étincelants.

— Tu es superbe, Margo. Sublime, même…

— Merci, Leo, murmura-t-elle. Tu es très beau, en smoking. Et, oui, je suis prête.

Le désir vibrait entre eux, tangible, palpable.

— On y va, alors ?

Margo hocha la tête et prit la main qu'il lui tendait.

Même s'ils vivaient ensemble depuis deux semaines, ils se frôlaient à peine. Mais, dans cette atmosphère brûlante, la simple sensation de ses doigts enlacés aux siens, de leurs paumes jointes, fit naître une délicieuse chaleur au plus profond de sa féminité.

Leo l'entraîna dans le couloir, puis au rez-de-chaussée où les invités arrivaient les uns après les autres. Dès qu'ils pénétraient dans le hall, serveurs et serveuses s'avançaient vers les nouveaux arrivants et leur offraient champagne et petits-fours.

A la vue de tous ces gens qui attendaient de lui être présentés — et peut-être de la juger —, l'excitation de Margo fit place à un redoutable accès de nervosité.

Leo lui serra doucement les doigts.

— Courage, murmura-t-il. Tu es ravissante, et tu n'as rien à craindre, Margo.

Puis, sans attendre sa réaction, il s'avança vers la foule d'invités.

Cela faisait bien longtemps que Margo n'avait pas participé à une soirée mondaine. A Paris, ses nausées l'avaient empêchée de sortir, mais soudain, vêtue de cette robe somptueuse, elle se sentit belle au bras de Leo. Comme autrefois. Par ailleurs, ces gens étaient heureux de l'accueillir, constata-t-elle en les voyant se tourner vers elle en souriant avec chaleur.

Quelques regards descendirent brièvement sur son ventre mais, de toute façon, la plupart des invités connaissaient déjà la nouvelle. Et, en tant qu'épouse de Leo, elle fut acceptée sans équivoque.

Lorsque Leo souleva soudain sa flûte de champagne en proposant un toast, Margo fut gagnée par une émotion indescriptible.

— A mon adorable épouse, Margo, commença-t-il de sa belle voix grave. Je ne peux que vous souhaiter d'apprendre à la connaître et de l'aimer autant que moi.

Elle sourit et souleva son verre d'eau pétillante, mais les paroles de Leo lui avaient causé un véritable choc. Il ne l'aimait pas, et pourtant, pour la première fois, Margo se demanda comment ce serait s'il l'aimait. Si elle l'aimait. Si leur mariage était un vrai mariage, fondé sur un amour et une confiance réciproques.

Interrogation oiseuse, se reprocha-t-elle aussitôt. Et de toute façon, même si elle se risquait à aimer Leo, cela ne garantirait en rien qu'il l'aime en retour. Il n'y avait aucune garantie, dans aucun domaine, comme elle en avait fait l'amère et douloureuse expérience.

Par conséquent, c'était mieux ainsi. Ils avaient atteint un niveau d'amitié, de complicité, qui se révélait de plus en plus agréable, sans être dangereux. Elle ne tenterait pas le diable en en désirant davantage.

A la fin de la soirée, alors que Margo avait mal aux pieds et se sentait terriblement lasse, Leo s'en aperçut et la rejoignit avant de passer un bras autour de sa taille.

— Tu as l'air épuisée. Nous pourrions nous éclipser ?

— Je ne voudrais pas jouer les rabat-joie…

— Les Grecs adorent faire la fête. Ils resteront ici jusqu'à l'aube si on ne les met pas dehors avant.

Margo sourit et s'appuya au bras de Leo. Juste un peu. Juste pour se sentir en sécurité.

— Et tu vas le faire ?

— Je laisse le personnel s'en charger. Je t'accompagne.

Un frisson la parcourut. Même s'il ne ferait que la conduire jusqu'à sa porte.

Mais, au lieu de la quitter comme d'habitude, il entra derrière elle et repoussa le battant.

Margo ôtait déjà les épingles de son chignon. Elle baissa les bras, se sentant soudain affreusement exposée.

— Non, ne t'arrête pas, murmura Leo derrière elle.

Un long frisson la parcourut. Maintenant qu'elle savait qu'il aimait la regarder défaire son chignon, le moindre de ses gestes devenait encore plus intime, plus érotique… Lentement, le cœur battant la chamade, elle leva la main et prit les épingles une par une.

Leo ne disait rien, mais elle entendait son souffle, sentait son regard rivé sur elle. Après avoir ôté la dernière épingle, elle secoua légèrement la tête pour libérer ses cheveux qui tombèrent en cascade sur son dos, jusqu'à la taille.

Quand elle se tourna vers Leo, son regard se souda au sien, tous les sens à vif, le cœur lui martelant la poitrine.

— Margo…

Il y avait tant de désir dans sa voix que Margo se mit à trembler, puis elle sentit son ventre faire un drôle de petit bond, qu'elle attribua d'abord à un excès de tension — avant de réaliser qu'il s'agissait de tout autre chose.

— Oh…

Leo la rejoignit en trois enjambées, l'air inquiet.

— Qu'y a-t-il ? demanda-t-il en s'arrêtant devant elle.

— Je crois que…

Margo posa la main sur son ventre.

— Je crois que j'ai senti un petit coup de pied…

— C'est vrai ? fit-il d'une voix incrédule.

— Oui ! s'exclama Margo en riant. Et il vient de recommencer ! C'est tellement drôle, Leo : il y a vraiment quelqu'un dans mon ventre !

Leo se mit à rire lui aussi, puis il tendit la main avant d'interrompre son geste.

— Je peux ?

Tout en hochant la tête, Margo lui prit la main et la posa sur son ventre avant de la couvrir avec la sienne.

— Attends…, chuchota-t-elle.

Ils restèrent tous les deux immobiles, respirant à peine… Puis, au bout de quelques instants, le miracle se produisit de nouveau.

— Ça alors, je l'ai senti ! s'écria Leo en riant. Je l'ai vraiment senti !

Margo le regarda et cessa de sourire. La joie incrédule de Leo se muait en une émotion toute différente. C'était maintenant du désir qui brillait dans ses yeux. Brut, sauvage.

Lentement, il tendit la main et glissa les doigts dans ses cheveux, les referma sur sa nuque. Sa paume était chaude, douce. Et, quand il l'attira vers lui, Margo se laissa faire et lui posa la main sur la poitrine, là où battait son cœur, à un rythme aussi saccadé que le sien.

Leo rapprocha son visage, ses lèvres effleurèrent les siennes, par deux fois, en une sorte d'interrogation muette. Puis, sans attendre de réponse, il approfondit son baiser et sa langue chercha bientôt celle de Margo tandis qu'il la serrait contre lui.

La sensation de sa bouche dévorant la sienne, de ses mains sur son corps… c'était divin. Tout son être réclamait Leo. Fermant les yeux, Margo saisit les revers de satin et répondit avec fougue aux caresses torrides de ses lèvres, de sa langue.

Jusqu'à ce que soudain le bébé donne un nouveau petit coup de pied. Aussitôt, elle se figea. Comme si le petit être qu'elle portait lui rappelait pourquoi elle se trouvait là, en Grèce, avec Leo. Pourquoi il avait accepté de l'épouser.

Bien sûr, Leo s'aperçut de son trouble, aussi écarta-t-il sa bouche de la sienne avant de reculer d'un pas. Et quand il baissa les yeux sur son ventre, Margo se demanda s'il se rappelait lui aussi la seule et unique raison qui les avait poussés à se marier.

Le silence se prolongea, lourd, pesant, sans qu'elle ne sache comment le rompre. Les émotions se bousculaient en elle, inextricablement liées.

Ce fut Leo qui réagit le premier.

— Bonne nuit, dit-il avec calme.

Puis il se détourna et se dirigea vers la porte communiquant avec sa chambre.

Margo resta immobile au centre de la pièce, une main posée sur le ventre, l'autre sur ses lèvres gonflées, jusqu'au moment où elle entendit la porte se refermer doucement.

10.

Leo fit les cent pas dans sa chambre en s'efforçant de calmer le désir qui rugissait en lui. Il brûlait de retrouver le goût de Margo. De s'enfouir au plus profond de sa chaleur.

Poussant un soupir haché, il se laissa tomber sur son lit et s'appuya les coudes sur les genoux avant de se prendre la tête entre les mains.

Ils avaient failli... Lorsque soudain Margo s'était glacée contre lui. Elle l'avait repoussé. Une fois de plus.

L'espace d'un instant, il songea à aller revendiquer ses droits. Non seulement ils étaient mari et femme, mais Margo le désirait — qu'elle le veuille ou non. Et, maintenant qu'elle avait repris des forces et que sa grossesse se déroulait sans problème, pourquoi ne pourraient-ils profiter l'un de l'autre, bon sang ?

Non, il n'irait pas la rejoindre. Il ne partagerait le lit de Margo que si elle l'y invitait. De bon gré.

Et pourtant, la soirée avait si bien débuté ! Il avait adoré voir Margo déambuler parmi les invités, si belle et si lumineuse. Non seulement elle était redevenue l'ancienne Margo, mais elle s'était épanouie. Quant au moment où elle lui avait pris la main tout à l'heure pour la poser sur son ventre, quand il avait senti le bébé donner un petit coup de pied... ç'avait été la chose la plus intime et la plus extraordinaire que Leo ait jamais vécue.

Le baiser qu'ils venaient d'échanger avait été un prolongement naturel de cette intimité. Il s'était rapproché d'elle sans même le vouloir. Et il n'aurait pas pu s'en empêcher.

Alors que s'était-il passé ? Qu'est-ce qui avait effrayé Margo ?

Tout à coup, il repensa au toast qu'il avait porté au début de la soirée. « Je ne peux que vous souhaiter d'apprendre à la connaître et de l'aimer autant que moi », avait-il dit. Leo n'avait rien préparé, il avait prononcé ces mots sans réfléchir, spontanément. Mais il avait par ailleurs affirmé à Margo qu'il ne l'aimait pas, tout comme elle ne l'aimait pas non plus. Etait-il possible que ce toast l'ait effrayée ?

Et, de son côté, avait-il pensé ce qu'il disait ?

Il repoussa cette interrogation. Leur arrangement initial se transformait en un lien plus amical et plus agréable, plus détendu. Quant à parler d'amour…

Non, il était hors de question qu'il s'aventure sur ce terrain-là. Il avait trop souffert de rejets au cours de sa vie, aussi ne prendrait-il aucun risque avec Margo, qui avait clairement exprimé ce qu'elle attendait de ce mariage.

La même chose que lui. La seule chose qu'il s'autoriserait à désirer : une vie stable et sécurisante pour l'enfant qu'ils avaient conçu ensemble.

Le matin suivant, Margo hésita un instant sur le seuil de la salle à manger tandis qu'une roseur délicate colorait ses hautes pommettes.

Leo se força à sourire.

— Bonjour, dit-il en se levant pour prendre la théière contenant l'infusion de gingembre préparée par Maria. As-tu bien dormi ?

— Oui, merci.

Après s'être assise en face de lui, elle déplia sa serviette et l'étala sur ses genoux. Elle était plus pâle que d'habitude, remarqua Leo, et ses yeux bruns étaient soulignés d'ombres mauves.

Surprenant son regard posé sur elle, elle sourit.
— Non, pas vraiment, corrigea-t-elle.
— J'en suis désolé, répliqua Leo en lui tendant sa tasse.
Puis il se rassit et prit son journal.
— Après une soirée, on a souvent du mal à s'endormir, ajouta-t-il.
Quelle insignifiance dans cet échange… Cependant, ils en avaient besoin, pour revenir à une situation normale.
— Ce n'était pas à cause de la soirée, Leo.
Il la regarda par-dessus son journal et fut saisi par la franchise qui éclairait ses yeux, et qui l'atteignit en plein cœur.
— C'était à cause de notre baiser, poursuivit-elle.
Notre baiser. Ces deux mots suffirent à embraser la libido de Leo. Il lâcha son journal d'une main pour soulever sa tasse avant d'avaler une gorgée de café.
— C'est toi qui l'as interrompu, dit-il en reposant sa tasse.
— Non, c'est toi, répliqua-t-elle avec calme.
— Tu joues sur les mots, Margo. C'est toi qui t'es soudain figée. Glacée, même.
— Oui, je sais, fit-elle en baissant les yeux sur son assiette.
— Que s'est-il passé ?
La question avait jailli de ses lèvres malgré lui.
— Ne me dis pas que tu ne voulais pas de ce baiser, Margo. J'ai senti ton désir — tu me désirais autant que je te désirais.
— Oui, acquiesça-t-elle doucement. Quoi que tu penses… ou que tu croies…, je n'ai jamais cessé de te désirer, Leo.
— Mais oui, bien sûr ! répliqua-t-il d'un ton sardonique. C'est m'aimer qui te pose un problème.
Leo s'interrompit, choqué. Il n'avait jamais eu l'intention de dire une chose pareille, bon sang !
— Tu ne m'aimes pas non plus, riposta-t-elle en redressant la tête.
— Non.

Alors, pourquoi se sentait-il aussi vulnérable, aussi à vif ?

— Je me demande pourquoi nous parlons de cela.

— Nous en parlons parce que nous essayons encore de trouver un équilibre, Leo. De mon côté, je ne sais pas toujours comment me comporter avec toi…

— Tu sembles très bien te débrouiller, la coupa-t-il en reprenant son journal.

— Peut-être, mais quand tu es entré dans ma chambre hier soir… que tu as senti le bébé donner un petit coup de pied… je me suis vraiment rendu compte que nous allions être ses parents.

Margo laissa échapper un petit rire d'autodérision avant de poursuivre :

— Je le savais déjà, bien sûr, mais tout à coup je nous ai imaginés ensemble avec un enfant : lui donnant un bain, lui apprenant à faire de la bicyclette… Garçon ou fille, ce bébé est le nôtre, et nous allons l'aimer, je le sais. Alors, je ne vois pas bien comment notre arrangement initial est compatible avec une famille. Celle que j'ai toujours désirée…

Sa voix se rompit tandis qu'elle détournait le visage.

— Et pourtant, tu disais que tu ne désirais pas te marier, que tu considérais cela comme un sacrifice, lui rappela Leo.

— Oui, parce que je croyais que tu me haïssais à cause de ce que je t'avais dit, la dernière fois, à Paris. Quand j'avais inventé cet amant.

— Et pourquoi l'avoir inventé ? demanda-t-il d'une voix dure. Pourquoi cet abominable mensonge ?

— Je te l'ai déjà dit. Parce que c'était la seule façon de te faire partir.

Leo se crispa.

— Je m'en souviens, en effet. Et pourquoi désirais-tu autant que je m'en aille, que je te quitte, Margo ?

Cette fois elle resta silencieuse. Insupportablement silencieuse.

— Je vois, reprit-il avec lenteur.

Il voyait même trop bien. Le rejet, encore et toujours. Apparemment, il ne pouvait y échapper.

Margo entra dans la salle à manger résolue à parler à Leo. Et à trouver un nouvel arrangement, même si les termes en restaient flous dans son esprit. Il fallait que quelque chose change. Elle en avait assez de cette politesse affectée qu'ils affichaient tous les deux.

Mais lorsque Leo reprit son journal, que son visage redevint distant, fermé, elle frémit.

— Qu'est-ce que tu as prévu de faire, aujourd'hui ? demanda-t-elle sans réfléchir.

Il leva les yeux, les traits dénués de toute expression.

— Travailler, comme d'habitude.

— Il va falloir que j'aille bientôt à Paris. Je dois régler définitivement la situation avec mon ancienne direction.

— Tu iras si tu es sûre de pouvoir supporter le voyage, répliqua-t-il d'un ton neutre. Il n'y a pas de problème.

Margo sentit son cœur sombrer dans sa poitrine. Au lieu d'améliorer la situation, elle n'avait fait que l'empirer.

— Tu m'as fait visiter la villa, Leo, mais je n'ai pas vu le reste de la propriété, ni les oliveraies. Tu crois que tu aurais un peu de temps aujourd'hui pour m'emmener faire un tour ?

Les sourcils froncés, il la regarda en silence, puis replia son journal.

— Ça devrait être possible… Je reviendrai te chercher après le déjeuner.

Margo opta pour son jean, mais elle dut renoncer à remonter la fermeture Eclair jusqu'en haut. Quant au bouton, il n'était même pas question d'essayer… Heureusement, sa tunique de cachemire turquoise lui arrivait presque aux genoux, dissimulant ainsi la braguette restée entrouverte.

Elle laissa ses cheveux tomber librement, ce qui lui arrivait rarement, puis souligna ses yeux d'un trait d'eye-liner et mit du rouge à lèvres.

Mais, quand elle rejoignit Leo dans le hall, il ne prononça pas un mot et la regarda à peine…

Après avoir longé le bâtiment abritant les bureaux, ils se dirigèrent vers les hautes grilles de la propriété.

— J'ignore tout des oliviers, commença Margo en s'efforçant de prendre un ton léger. Maintenant que je vis ici, il faut que je sache un peu comment on fabrique l'huile, par exemple.

— Tu n'as pas à t'en soucier.

Il tenait vraiment à repousser toutes ses tentatives ? Très bien, elle essayerait autre chose.

— Parle-moi un peu de ton enfance, Leo. Tu venais jouer à cache-cache dans les oliveraies ?

— De temps en temps, oui.

— Tu as aimé grandir ici ?

— J'ai toujours adoré les oliviers, répondit-il au bout de quelques instants. Ça paraît sans doute ridicule, mais j'aime tout le processus, de la plantation d'un arbre jusqu'à la cueillette des fruits et la fabrication de l'huile.

— Et pourtant, il y a de la tristesse dans ta voix, quand tu en parles, ne put s'empêcher de faire remarquer Margo.

— Comment cela ? fit-il sans se tourner vers elle.

Elle haussa les épaules, désireuse d'insister mais aussi de ne pas le bousculer.

— Quand tu parles des arbres, de l'entreprise, tu es un peu… tendu.

Après avoir hésité un instant, elle ajouta :

— Presque en colère.

Leo s'arrêta devant les grilles et resta silencieux un long moment.

— Sans doute parce que je le suis, dit-il enfin. Ou que

je l'étais, du moins. Je crois que j'ai dépassé cela. Enfin, je l'espère.

— Pourquoi, Leo ? Que s'est-il passé ?

Il soupira en secouant la tête.

— Des histoires de famille compliquées.

— Explique-moi.

Après un nouveau soupir, il reprit d'une voix crispée :

— Mon grand-père travaillait comme éboueur à Athènes, mais mon père avait de l'ambition. Après avoir économisé assez d'argent pour acheter un petit bout de terrain, il est venu s'installer ici et a planté des oliviers. Nous avons toujours été fiers d'être partis de rien. Ensuite, mon père a transmis l'entreprise à mon frère…

Il s'interrompit en fronçant les sourcils.

— Et maintenant, c'est toi qui la diriges, enchaîna Margo.

— Oui. Mais cela n'a pas toujours été aussi… limpide. Antonios a toujours été le préféré de mon père, parce qu'il était l'aîné, l'héritier. Je suppose que c'était normal…

— Cela n'est jamais normal ! protesta Margo. Si nous avons plusieurs enfants, je les aimerai tous autant.

— Tu désires d'autres enfants ? répliqua-t-il en se tournant brièvement vers elle.

— Je… je ne sais pas.

Après un nouveau silence, Leo poursuivit :

— Eh bien, normal ou pas, Antonios était le préféré, et je ne l'ai jamais accepté. Pourtant, j'ai essayé ! J'ai tout fait pour que mon père m'aime aussi, je t'assure…

Quand il se tut, Margo eut envie de le réconforter, de le prendre dans ses bras. Mais elle n'en fit rien car, manifestement, Leo était à vif et, si elle faisait le moindre geste envers lui, il la repousserait sans doute.

— Pour résumer, reprit-il d'un ton brusque, il ne m'a jamais aimé. Quand il a fait un infarctus, il a rappelé Antonios qui travaillait à Athènes et lui a dit la vérité concernant l'état de ses affaires. Ayant perdu beaucoup d'argent à cause de mauvais investissements, il s'était impliqué dans des transactions douteuses depuis des années. Il était à deux doigts de tout perdre. Alors il a tout avoué à Antonios en lui faisant promettre de n'en parler à personne. Même pas à moi.

— Mais il t'en a parlé quand même ?

— Au bout de dix ans. Pendant toutes ces années, j'ai été exclu, tenu à l'écart. Mais…

Il enfonça les mains dans ses poches de pantalon avant de poursuivre.

— … je n'aurais sans doute pas dû m'en étonner… Vu que mon père ne m'avait jamais fait confiance, il n'allait pas me confier la vérité…

— Mais ton frère… ?

— Antonios a fait la même chose. Jusqu'à ce que j'insiste. A la fin, je crois qu'il m'a tout dit grâce à Lindsay, sa femme. Elle en avait assez des secrets, de l'amertume qu'elle sentait entre Antonios et moi.

— Et il n'y en a plus, maintenant ? demanda Margo.

— Nous entretenons d'assez bons rapports, lui et moi. Il est content de m'avoir cédé sa place de P-DG, il se sent plus heureux dans le domaine de la gestion de placements, poste que nous avons créé pour lui, à New York, mais au sein de Marakaios Enterprises.

— Et toi, tu es heureux ?

Après un nouveau silence, Leo soupira, puis se tourna vers elle, l'air sincère et vulnérable.

— Je n'en sais rien.

Ces quelques mots sonnèrent comme un aveu.

Quand ils se remirent en marche, Margo se tourna vers lui pour ajouter que de toute façon elle était contente qu'il se soit confié à elle, lorsqu'elle se prit le pied dans une racine sortant du sol et bascula en avant.

Elle n'eut pas le temps de reprendre son équilibre, ni d'amortir sa chute avec les mains, et tomba brutalement sur le ventre.

— Margo… ! s'exclama Leo en s'agenouillant à côté d'elle.

Elle se redressa en s'appuyant sur les mains et les genoux, le cœur battant sourdement dans sa poitrine.

— Ça va ? demanda-t-il en lui posant la main sur l'épaule.

En proie à un léger vertige, Margo s'assit et referma les doigts sur son ventre.

— Oui, je crois…

Elle attendit en retenant son souffle, guettant le petit coup de pied qui la rassurerait, puis elle réalisa que Leo la contemplait, le visage blême, les yeux écarquillés. Il se releva puis se pencha vers elle et lui prit le bras.

— Qu'est-ce…, commença-t-elle en fronçant les sourcils.

Mais, sans lui lâcher le bras, Leo sortait déjà son portable de sa poche et composait un numéro, les traits rigides d'inquiétude.

— Leo, je n'ai rien, insista Margo.

Au même moment, elle sentit un liquide épais et chaud couler entre ses cuisses. Et, quand elle baissa les yeux, elle vit du sang bien rouge se répandre sur la terre ocre.

11.

— Non…, murmura Margo.

Puis elle poussa un cri déchirant.

— Non ! Non, Leo !

Sa voix se brisa. Elle resta prostrée, le souffle court.

— J'appelle de la propriété Marakaios, cria Leo. Nous avons besoin d'une ambulance — c'est très urgent !

Il fourra son téléphone dans sa poche et s'agenouilla de nouveau devant Margo. Les bras refermés sur son ventre, elle se balançait d'avant en arrière, tremblant de tout son corps.

— Respire, Margo, ordonna-t-il. Doucement. Ça va aller, ne t'inquiète pas.

Après avoir secoué la tête en silence, elle laissa échapper un halètement avant de réussir à parler.

— Ne me mens pas, Leo. Ça ne va pas aller. Tu ne peux pas le savoir !

— Tu perds du sang, répliqua-t-il avec calme. Mais cela ne signifie pas que le bébé soit en danger.

Elle semblait à peine l'entendre. Des larmes coulant sur ses joues livides, elle secoua de nouveau la tête.

— Ce n'est pas possible, se chuchota-t-elle à elle-même. Pas encore une fois.

Encore une fois ? s'interrogea Leo en tressaillant. Mais ce n'était vraiment pas le moment de demander des explications.

— L'ambulance sera là dans quelques minutes. Je vais te transporter un peu plus loin, pour gagner du temps.

Doucement, il la souleva dans ses bras et repartit en sens inverse.

Margo avait raison. Il ne pouvait pas savoir si tout irait bien.

L'ambulance arriva vite et, dès que le chauffeur les aperçut, il arrêta sirène et gyrophare. Leo vit au loin ses sœurs sortir de la villa, suivies de Maria, tandis qu'il s'avançait vers le véhicule avant d'aider l'infirmier à allonger Margo sur le brancard.

— Leo ! cria Xanthe.

— Je t'appelle ! lança-t-il avant de monter dans l'ambulance à côté de Margo.

Elle paraissait si vulnérable, étendue ainsi, ses yeux sombres mangeant son visage blême. Quand elle lui agrippa soudain la main, ses doigts étaient glacés.

Tout en lui prenant sa tension, l'infirmier demanda à Leo ce qui s'était passé. Le plus clairement possible, il raconta comment Margo était tombée.

Mon Dieu… Faites que rien ne soit arrivé au bébé.

La demi-heure suivante se déroula dans une sorte de brouillard. L'ambulance arriva à l'hôpital d'Amphissa, puis Margo fut transportée aux urgences. Là, un médecin s'occupa aussitôt d'elle et lui fit passer une échographie.

— Il faut d'abord que nous examinions le bébé, dit-il d'un ton neutre, en grec.

Quand Leo eut traduit ses paroles à Margo, elle hocha la tête en resserrant les doigts autour des siens.

Avec une lenteur qui parut insupportable à Leo, le médecin rapprocha l'échographe, répandit le gel, puis appuya la sonde sur le ventre de Margo. Le silence qui s'ensuivit fut la pire épreuve que Leo eût jamais endurée. Et, lorsque Margo détourna la tête de l'écran en poussant un petit cri étouffé, que les larmes roulèrent de nouveau sur ses joues pâles, il sentit ses propres yeux s'embuer.

— Regardez, dit le médecin.

Incrédule, Leo contempla l'endroit qu'il désignait sur l'écran : le petit cœur minuscule battait, vigoureusement...

— Margo !

— Nous avons affaire à un placenta *prævia* partiel, poursuivit le médecin.

Leo s'efforça de suivre ses explications et comprit que le placenta recouvrait partiellement le col de l'utérus et que la chute avait accentué sa position et provoqué l'hémorragie. Mais, à vrai dire, Leo ne pouvait que contempler l'écran, fasciné par la vie qui y pulsait avec une énergie fabuleuse.

— Margo..., répéta-t-il en la forçant à tourner la tête vers l'écran.

Elle battit des paupières puis écarquilla les yeux.

— Tout va bien, murmura Leo. Vraiment bien.

Le médecin augmenta alors le volume du son en souriant, et le merveilleux galop se répandit dans la pièce. Mais, au lieu d'être soulagée comme Leo s'y attendait, Margo éclata en sanglots.

Interdit, il se pencha vers elle et lui passa les bras autour du cou tandis qu'elle enfouissait son visage dans le creux de son épaule, tremblant de tout son corps.

Sans se départir de son calme, le médecin coupa le son et essuya le ventre de Margo.

— Nous allons la garder en observation, dit-il à Leo. Et nous lui ferons passer une nouvelle échographie demain pour voir si le placenta a encore bougé et vérifier où en est l'hémorragie.

Leo hocha la tête en silence. Il réfléchirait à tout cela plus tard. Dans l'immédiat, il ne pouvait penser qu'à Margo et à son incompréhensible désespoir.

Finalement, elle s'écarta de lui en s'essuyant les joues, avant de lui adresser un pauvre sourire. Puis une infirmière vint la chercher pour la conduire et l'installer dans une chambre. Ensuite, Leo resta dans le couloir et appela ses sœurs pendant que Margo prenait une douche.

Quand il alla la rejoindre dans sa chambre, il la trouva au lit, vêtue d'une chemise de nuit de l'hôpital. Elle avait un peu meilleure mine, mais gardait les yeux rouges et gonflés.

Il s'assit sur le bord du lit et lui prit la main.

— Le médecin m'a expliqué que tu avais un placenta *prævia* partiel, dit-il. J'avoue que je ne saurais pas bien t'expliquer ce que cela signifie, mais je vais demander à un médecin parlant anglais de venir te voir.

— Je sais ce que c'est, répliqua-t-elle.

— L'important, c'est que le bébé aille bien, insista Leo en serrant sa main dans la sienne.

— Oui. Pour l'instant.

Ses yeux s'emplirent de nouveau de larmes.

— Tu n'as aucune raison d'avoir peur, Margo…

— Oh ! si, Leo. J'ai des tas de raisons, au contraire, murmura-t-elle en fermant les yeux.

— Je ne comprends pas…

Mais elle avait l'air si épuisée qu'il jugea préférable de ne pas l'interroger. Pas dans l'immédiat, du moins.

Elle rouvrit les paupières et secoua la tête.

— Cela n'a pas d'importance, de toute façon.

— Alors, pourquoi… ?

— J'ai peur, c'est tout, Leo. J'ai toujours si peur… C'est pour cela que je ne voulais pas avoir d'enfants.

Perplexe, Leo la regarda en silence. Sous ses dehors de jeune femme sûre d'elle et glamour, Margo avait caché un secret. Sa belle assurance n'avait-elle été qu'une façade ?

— Tu n'as pas à avoir peur, dit-il doucement mais fermement.

Sans dire un mot, elle dégagea sa main et tourna la tête.

Cette fois, Leo eut du mal à refréner sa curiosité et son irritation. Une fois de plus, on lui cachait quelque chose. L'attitude de Margo lui faisait l'effet d'un nouveau rejet.

Mais il n'insisterait pas. Il ne la supplierait pas non plus de lui parler.

— Veux-tu une boisson ? demanda-t-il en se levant. Ou une pâtisserie ? Et je peux aller te chercher des affaires à la villa : un pyjama, des vêtements ?

Toujours sans le regarder, elle répondit d'une voix à peine audible :

— Non, merci.

Sa réserve l'irrita, alors que le matin même il avait décidé qu'elle lui convenait. Tout avait basculé, à présent. Leur conversation, puis la chute de Margo l'avaient changé, lui. Et ils l'avaient changée, elle aussi. Mais cela le contrariait et le perturbait tout à la fois.

Apparemment, elle souhaitait qu'il s'en aille. Mais il ne la laisserait pas seule. Aussi Leo s'installa-t-il sur la chaise, de l'autre côté du lit, et attendit, immobile.

Au bout d'une demi-heure, Margo finit par s'endormir.

Lorsqu'elle se réveilla dans la pénombre, Margo sentit une vague de panique glacée la submerger. Se redressant sur son séant, elle posa la main sur son ventre en s'efforçant de chasser les souvenirs du cauchemar atroce qui s'accrochaient encore à sa conscience.

— Leo…

— Je suis là.

Elle vit sa haute silhouette se pencher vers elle et sentit sa main chaude couvrir la sienne. Mais cela ne l'empêcha pas de trembler.

— J'ai fait un rêve horrible, dit-elle, la gorge nouée.

Dont Annelise était le personnage central, ce qui ne lui était pas arrivé depuis très longtemps.

— Ce n'était que cela, un rêve, Margo, répliqua Leo d'une voix rassurante. Tout va bien. Le bébé va bien.

Margo hocha la tête en déglutissant. Comment Leo

aurait-il pu comprendre ses peurs puisqu'elle ne lui avait rien dit ?

— Ne me quitte pas, chuchota-t-elle.

— Il n'y a pas de danger !

— Leo… tu veux bien me prendre dans tes bras ?

Sans dire un mot, il tira le drap et la couverture, puis ôta ses chaussures et se glissa dans le lit étroit à côté d'elle avant de la prendre délicatement dans ses bras.

Margo se lova contre lui, enfouit son visage dans son cou, savourant sa fragrance familière et réconfortante. Elle en avait besoin. Elle avait besoin de Leo.

Il resta silencieux, se contentant de la serrer contre lui en lui caressant les cheveux, et peu à peu Margo sentit la panique s'évanouir, avec les images de son cauchemar…

Elle avait dû se rendormir car elle se réveilla à l'aube, toujours dans les bras de Leo.

S'écartant doucement de lui, Margo contempla ses yeux fermés, ses épais cils noirs reposant sur ses joues, l'ombre brune qui lui couvrait la mâchoire et faisait ressortir le dessin sensuel de sa belle bouche.

Il portait toujours son costume, ayant seulement déboutonné sa chemise à l'encolure et posé sa cravate sur le dossier de la chaise.

A cet instant, la porte s'ouvrit sur une infirmière.

— Bonjour, dit la jeune femme en souriant.

— Vous parlez anglais ? demanda Margo avec surprise.

— Oui. M. Marakaios a demandé que le personnel qui s'occupe de vous parle anglais. Ou français, enchaîna-t-elle avec un petit sourire d'excuse. Mais personne ne parle suffisamment bien cette langue…

Puis elle prit la tension de Margo pendant que Leo, qui s'était réveillé, se redressait et semblait se ressentir de sa nuit passée tout habillé dans un lit d'hôpital…

— Ça va ? demanda-t-il en se tournant vers Margo.

Elle hocha la tête. La peur l'avait quittée temporairement, grâce à lui.

Sans dire un mot, il descendit du lit et quitta la pièce pour laisser l'infirmière poursuivre son examen.

— Le médecin viendra vous voir tout à l'heure, pour vous faire passer une nouvelle échographie. En attendant, vous pourrez prendre le petit déjeuner.

Margo acquiesça et, quelques instants plus tard, Leo revint avec une tasse de café et une d'infusion au gingembre.

— Où en as-tu trouvé ? demanda-t-elle en ouvrant de grands yeux.

— J'en ai toujours sur moi. Au cas où.

— Tu es si attentionné, Leo…

Il éclata de rire.

— Cela te surprend tant que ça ? !

— Oui, je suis surprise, reconnut Margo. Je n'ai pas connu beaucoup de… gens attentionnés envers moi.

Embarrassée par le regard interrogateur de Leo, elle détourna la tête lorsque la porte s'ouvrit sur une femme souriante portant un plateau sur lequel étaient posés des biscottes et de la confiture, ainsi qu'un yoghourt.

Après le petit déjeuner, ce fut le médecin, une femme d'une quarantaine d'années, qui arriva en poussant un échographe.

Quelques instants plus tard, Margo contempla l'écran en retenant son souffle ; Leo lui tenait la main, l'air aussi ému qu'elle. Soudain leur bébé apparut, l'air très en forme, et donna un petit coup de pied.

— Je l'ai senti ! s'exclama Margo. C'est la première fois depuis que je suis tombée, mais je l'ai bien senti !

— Ce bébé n'aime pas qu'on le bouscule, dit le médecin en anglais. Mais tout m'a l'air bien. Vous reviendrez passer une échographie dans quelques jours comme prévu, à la vingtième semaine. Et nous vérifierons le placenta *prævia* à ce moment-là.

Elle repoussa l'appareil en souriant.

— Vous pouvez rentrer chez vous, à présent.

Lorsqu'ils furent montés dans la voiture qu'un employé avait garée sur le parking de l'hôpital, Leo regarda Margo et dit d'un ton grave :

— Margo, il faut que nous parlions…

Pour toute réponse, elle tourna le visage vers la vitre.

— Qu'est-ce que tu me caches, Margo ? insista-t-il avec calme. Parce qu'il y a quelque chose, j'en suis certain.

— Cela n'a pas d'importance.

— Au contraire, Margo. C'est important parce que tu étais terrifiée après ta chute, puis cette nuit, à l'hôpital.

— Evidemment ! riposta-t-elle d'un ton vif en se retournant vers lui. J'avais peur de perdre mon bébé, Leo !

— Notre bébé, corrigea-t-il avec calme. Ne m'exclus pas, Margo.

Quand elle détourna de nouveau les yeux, Leo démarra et quitta le parking avant de reprendre le chemin de la propriété, sans qu'ils n'échangent plus une seule parole.

12.

A la villa, ils furent accueillis par Xanthe, Ava et Maria qui les attendaient dans le grand hall.

— Tu vas bien ? demanda Ava, le front plissé d'inquiétude.

— Oui, et plus important encore : le bébé se porte bien, dit Margo.

Elle sourit en voyant Maria murmurer une prière et se signer.

— Mais…, commença Xanthe.

— Margo est fatiguée, l'interrompit Leo. Et nous n'avons pas bien dormi ni l'un ni l'autre, la nuit dernière.

En vérité, blottie dans ses bras, Margo avait dormi tout son soûl, pour la première fois depuis une éternité. Mais, de son côté, il avait dû passer une nuit très difficile, le pauvre…

Une fois à l'étage, elle entra dans sa chambre en poussant un long soupir de soulagement. Elle n'avait qu'une envie : se coucher dans le lit immense et y rester pendant des heures, à dormir ou pas.

Leo referma la porte donnant sur le couloir.

— Je vais aller prendre une douche et me changer. Et, ensuite, nous parlerons, dit-il d'un ton calme mais résolu.

— Je suis vraiment très fatiguée, Leo…

— Tu auras tout le temps de te reposer après. Mais je ne te laisserai pas me tenir à l'écart plus longtemps, Margo.

Sur ces mots, il se détourna et s'avança vers la porte séparant leurs deux chambres.

Pleine d'appréhension, Margo entra dans la salle de bains. Dans quelques minutes, Leo reviendrait et exigerait des explications. Aurait-elle le courage de laisser tomber son masque et de lui dire la vérité ? Il méritait de la connaître.

Après avoir ouvert le robinet de cuivre, elle s'aspergea le visage d'eau froide, déterminée à rassembler toutes ses forces, tout son courage.

Quelques minutes plus tard, après s'être changée et avoir passé un pantalon de yoga en coton souple et un sweat-shirt moelleux, elle s'installa confortablement sur le sofa, à côté de la fenêtre.

Leo frappa quelques coups légers, puis pointa la tête avant d'entrer franchement. Il avait les cheveux encore humides et portait un T-shirt gris clair et un jean délavé qui moulait ses jambes musclées à la perfection.

Sans dire un mot, il traversa la chambre et vint s'asseoir près d'elle.

Ils restèrent silencieux un long moment, puis Margo se décida à parler, d'une voix hésitante, chaque mot lui coûtant un effort surhumain.

— Je ne suis pas celle que tu crois, Leo.

— Et qui es-tu à mes yeux, d'après toi ?

— La femme que tu as rencontrée dans ce bar d'hôtel. La créature sûre d'elle, glamour, sexy.

Elle laissa échapper un petit rire tremblant.

— Je ne dis pas cela par arrogance, mais c'est l'impression que je cherchais délibérément à donner.

Après être resté silencieux un moment, Leo demanda :

— Qui es-tu, alors ?

— Une gamine qui a grandi dans les rues de Marseille.

Quand elle lui adressa un regard en biais, Margo constata avec surprise qu'il ne semblait ni étonné ni choqué.

— Et comment la gamine de Marseille s'est-elle transformée en Parisienne sophistiquée ?

— Avec un peu de chance et beaucoup de travail, je suppose. Mais, au fond de moi, je me sens toujours la gamine de Marseille. Oh ! Leo… si tu savais quelle enfance j'ai eue…

— Eh bien, raconte-moi.

Cette fois, elle ne pouvait plus reculer. Même si la vérité lui semblait si atroce, si impossible à dire.

— J'ai grandi presque dans la rue au sens littéral du terme, commença lentement Margo. Ma mère se droguait. A la méthamphétamine. Mais je ne l'ai su que plus tard. Elle était complètement accro.

A présent, il devait avoir l'air choqué. Mais, quand elle osa se tourner vers lui, Leo gardait un visage impassible.

— Je suis désolé, Margo.

— Moi aussi, appuya-t-elle avec un affreux petit rire qui se termina presque en sanglot.

— Pouvait-elle s'occuper de toi ?

— Non, pas vraiment. Et parfois pas du tout. Au début, oui. Avant qu'elle ne commence à se droguer. Mais j'ai survécu.

Elle regarda dehors, sans voir les jardins.

— J'avais quatre ans quand mon père est parti. Je ne garde que quelques souvenirs flous de lui.

— Ça doit avoir été très dur pour toi.

— Oui.

Ces quelques souvenirs étaient précieux : d'un homme qui la soulevait dans ses bras et la faisait tourner au-dessus de sa tête, la faisant rire aux éclats. Pourquoi était-il parti ? La question l'avait obsédée sans répit durant des années. Parce qu'elle n'avait pas été assez bien pour lui ?

— Après son départ, ç'a été la descente aux enfers, pour ma mère.

Margo se tut. Elle ne pouvait pas raconter à Leo à quel point leur vie avait été sordide. Les séjours dans différents foyers pour sans-abri, les semaines durant lesquelles elle était enlevée à sa mère par les services sociaux et ballottée de famille d'accueil en famille d'accueil. Certaines s'étaient montrées bonnes pour elle, et d'autres horribles. Mais elle avait toujours fini par retourner auprès de sa mère, pour un nouvel essai, après que celle-ci eut promis de ne plus toucher à la drogue. Et durant quelques jours, parfois quelques semaines, elle avait tenu bon.

Chaque fois, Margo avait cru que les choses s'arrangeraient. Puis elle rentrait de l'école un beau jour pour trouver sa mère allongée sur son lit, complètement défoncée. Et le cycle infernal recommençait.

Jusqu'à Annelise.

— Margo ? Continue. Si elle ne s'occupait pas de toi, comment faisais-tu pour survivre ?

— Parfois, c'était difficile, répondit-elle en haussant les épaules. J'ai passé pas mal de temps dans des familles d'accueil, durant mon enfance. Quand j'ai été suffisamment grande, j'ai appris à me débrouiller toute seule.

— Quel âge avais-tu ?

— Sept ou huit ans. Je savais me servir du réchaud à gaz et me préparer quelque chose à manger. Je réussissais à aller à l'école presque tous les jours.

— Oh ! Margo, murmura Leo en lui prenant la main. Pourquoi ne m'en as-tu pas parlé plus tôt ?

— Je ne parle jamais de mon enfance à personne. C'est trop horrible. Et, de toute façon, notre relation ne se prêtait pas à ce genre de confidences.

— Et maintenant ?

— Je… je ne sais pas.

Il avait prononcé ces mêmes mots la veille. Tout était si incertain, pour tous les deux.

— Il y a autre chose que tu ne me dis pas, je me trompe ? demanda-t-il après un silence.

— Oui, répondit Margo en rassemblant tout son courage. Ma mère a eu un autre enfant, ma demi-sœur. J'avais onze ans quand elle est née. Cette fois-ci, il n'y avait pas de père.

Elle s'interrompit un instant, inspira profondément.

— Elle s'appelait Annelise.

— S'appelait ? répéta Leo en resserrant les doigts autour des siens. Que lui est-il arrivé ?

— Elle… elle est morte.

Les souvenirs se bousculèrent dans son esprit. Annelise pelotonnée dans son lit, une petite main posée sur sa poitrine. Annelise s'avançant sur ses jambes potelées en tendant les bras vers elle avant de tomber sur le derrière. Annelise s'accrochant à son cou…

— Je suis désolé, Margo.

— Vu ses antécédents, ma mère a eu de la chance que les services sociaux ne lui aient pas pris Annelise dès sa naissance, poursuivit Margo d'une voix éteinte. Mais, à ce moment-là, nous n'étions plus dans leur collimateur depuis deux ans environ. J'allais à l'école et ma mère semblait décidée à rester *clean*.

Voyant que Leo allait l'interrompre, elle l'arrêta d'un geste.

— C'est ridicule, je sais, parce qu'on ne sort pas comme ça d'une dépendance à la drogue. Mais elle… elle tenait à peu près le coup et, quand elle a découvert qu'elle était enceinte, ça l'a aidée, jusqu'à l'accouchement.

— Et après ?

— J'ai cessé d'aller à l'école. J'étais obligée, pour Annelise. Je leur ai dit que je déménageais et personne ne s'est donné la peine de vérifier. Ç'a été étonnamment facile, quand j'y repense maintenant, mais nous n'avons pas été inquiétées, ma mère et moi.

— Et tu restais à la maison pour t'occuper d'Annelise ? Où trouvais-tu de l'argent ?

— Ma mère bénéficiait d'une petite allocation. Et parfois, elle… elle…

Quand elle se tut et se mordilla la lèvre, Leo enchaîna :

— Elle se prostituait, c'est ça ?

— Oui, répondit Margo en se demandant ce qu'il pensait d'elle, à présent.

— Et comment te débrouillais-tu, avec Annelise ? demanda-t-il en hochant lentement la tête.

— Je lui servais de mère, chuchota-t-elle. J'étais sa mère.

Comment cela pouvait-il faire encore aussi mal, tant d'années après ?

— De quoi est-elle morte ? insista-t-il avec calme.

— De la grippe. La grippe…

Margo sentit une larme glisser sur sa joue.

— Au début, elle n'a eu qu'un peu de fièvre, poursuivit-elle. Je m'occupais d'elle, je suivais sa température, je la faisais dormir dans mon lit, et puis… la fièvre a augmenté, et j'étais paniquée, terrifiée… Mais je savais que, si je l'emmenais à l'hôpital, les autorités s'en mêleraient et me la prendraient. Je ne pouvais pas le supporter, alors je lui donnais des bains tièdes, de l'aspirine.

— Et ensuite… ? demanda doucement Leo.

— Elle a commencé à faire des convulsions. J'ai supplié ma mère de l'emmener à l'hôpital, mais elle… elle n'était pas en état de le faire, ni de réaliser ce qui se passait. Elle semblait ne même plus savoir qu'elle avait des enfants. Alors j'ai emmené ma petite sœur moi-même, dans mes bras. Et, quand je suis arrivée et qu'une infirmière l'a prise, Annelise… Elle était déjà morte.

Submergée par les souvenirs, par la souffrance et la culpabilité, Margo baissa la tête.

— Par ma faute, Leo. Elle est morte par ma faute.

Jamais elle n'avait prononcé ces mots à voix haute. Elle ne se les était même jamais dits à elle-même. Et maintenant, elle se sentait vide et trop pleine à la fois.

— Margo…, murmura Leo en la prenant dans ses bras. Je suis tellement désolé…

Ils restèrent enlacés en silence durant un long moment, puis il reprit :

— Ce n'était pas ta faute, Margo. Tu avais douze ans. Tu n'aurais jamais dû avoir à porter de pareilles responsabilités.

— Je n'étais plus une enfant. Et si, c'était ma faute.

Si je l'avais emmenée à l'hôpital plus tôt, ils lui auraient donné des antibiotiques. Ensuite ils me l'auraient sans doute prise, mais au moins elle serait en vie.

— Que t'est-il arrivé, après cela ? demanda-t-il en la gardant serrée contre lui.

— J'ai été placée, dans différentes familles. J'étais devenue très dure, très difficile, à l'époque. Annelise me manquait tant ! Alors ça n'a pas été facile non plus pour les gens à qui j'étais confiée.

Elle s'interrompit un instant, savourant la sensation du torse ferme et chaud de Leo sous sa joue.

— A seize ans, je me suis enfin calmée. Je suis restée dans la même famille pendant un an. C'étaient des gens bien, ils m'ont aidée à trouver du travail.

— Tu es restée en contact avec eux ?

— Non. Ils accueillaient beaucoup d'enfants et, pour eux, je n'étais que de passage. Nous nous sommes quand même écrit, au début… Et puis, nous avons cessé. Mais, en tout cas, je leur reste très reconnaissante.

Leo la repoussa doucement et la regarda, les traits indéchiffrables.

— C'est à cause de ce qui est arrivé à Annelise que tu as si peur pour notre bébé ?

— Je sais que c'est irrationnel, acquiesça-t-elle en hochant la tête. Mais la perdre a été si épouvantable, si… Je ne crois pas que je pourrais survivre à une chose pareille une seconde fois, Leo. Je ne crois vraiment pas.

— Cela n'arrivera pas.

— Tu ne peux pas…

— Je ne peux pas prédire l'avenir, c'est vrai, l'interrompit-il en lui prenant le menton. Mais me crois-tu quand je dis que je ferai tout ce qui est en mon pouvoir, absolument tout, pour que toi et notre enfant restiez en bonne santé ? Je ne te laisserai jamais tomber, Margo. Tu peux me faire confiance.

— Merci, chuchota-t-elle.

Sans réfléchir, elle approcha son visage de celui de Leo et effleura ses lèvres.

Il se figea, puis se détendit.

— Merci de m'avoir parlé de tout cela, Margo. Mais maintenant tu devrais te reposer.

— Oui…

Sans ajouter un mot, il se leva et quitta la chambre.

Mais, en fait, Margo ne se sentait pas fatiguée. Trop de pensées tourbillonnaient dans sa tête, trop de doutes, d'incertitudes, de peurs. Finalement, elle décida de faire quelque chose au lieu de rester à se torturer l'esprit et sortit un carnet de son sac, puis se rendit dans la future chambre d'enfant où elle entreprit de faire des croquis et de noter des idées en vue de l'aménagement de la pièce.

13.

Les jours suivants, Leo repensa longuement à ce que Margo lui avait raconté. A présent, il comprenait mieux son premier refus, puis son désir de l'épouser pour assurer un foyer stable et aimant à leur enfant.

Même s'ils ne s'aimaient pas. Sauf que Leo commençait à s'interroger sur la nature des sentiments qu'il éprouvait pour Margo. L'aimait-il ? Pouvait-il l'aimer ? Il admirait sa force de caractère, certes, sa détermination, la façon dont elle se dévouait déjà à l'enfant qu'elle portait. Par ailleurs, il la désirait toujours, peut-être même encore plus qu'auparavant.

Alors, peut-être que s'il se laissait aller, s'il cessait de protéger son cœur comme elle protégeait sans doute le sien…

Leur relation était devenue plus souple, plus détendue. Ils partageaient quasiment tous les repas et bavardaient, de tout et de rien. Margo lui avait montré ses projets de transformation et de décoration pour la chambre d'enfant, qu'il trouvait superbes.

Non seulement ils avaient retrouvé leur entente d'autrefois, mais celle-ci s'était approfondie.

Un matin, au cours du petit déjeuner, Leo annonça à Margo qu'Antonios et Lindsay viendraient passer quelques jours avec eux, après Noël.

— Cela te fait plaisir ? demanda-t-elle.

— Oui, je crois, répondit-il lentement.

Il n'avait pas revu son frère depuis son départ pour les Etats-Unis avec sa femme. Ils avaient fait la paix, mais leur relation n'était toujours pas évidente, bien qu'ils soient régulièrement en contact, par email ou par téléphone. Aussi ne savait-il pas comment il réagirait lorsque Antonios séjournerait à la villa, en tant qu'invité, alors que lui-même avait pris sa place à la tête de l'entreprise familiale.

— Je serai heureuse de faire leur connaissance, dit Margo d'un ton léger.

En réalité, elle regrettait de ne pas avoir de famille elle-même, comprit Leo.

— Ils seront ravis eux aussi, j'en suis sûr, répliqua-t-il avec chaleur. Tu es une femme merveilleuse, Margo.

— C'est gentil de le dire, Leo.

— Je le pense.

L'après-midi, quand ils allèrent à Amphissa pour l'échographie, il sentit Margo tendue. Sans doute songeait-elle à leur précédent voyage, en ambulance, alors qu'elle pensait avoir perdu leur bébé…

A vrai dire, il avait la poitrine nouée lui aussi, et tous deux ne se détendirent vraiment que lorsqu'ils virent le petit être sur l'écran, bien vivant.

Après avoir pris ses mesures, la radiologue se tourna vers eux en souriant.

— Tout va bien, dit-elle. Le placenta commence à remonter ; alors, avec un peu de chance, tout sera rentré dans l'ordre avant l'accouchement. Mais nous continuerons à le surveiller : si à la trentième semaine il n'est pas remonté complètement, nous devrons envisager un accouchement par césarienne.

Margo hocha la tête, le visage pâle.

— Voulez-vous connaître le sexe du bébé ? Parce que je peux vous le dire — mais seulement si vous le souhaitez.

Ils se regardèrent, avec un mélange d'appréhension et d'excitation.

— Est-ce que vous voudriez bien nous l'écrire sur une

feuille de papier, et mettre celle-ci dans une enveloppe ? demanda Leo. Nous l'ouvrirons ensemble, plus tard.

— Oui, le jour de Noël, approuva Margo. Ce sera notre cadeau.

Quand il lui sourit et qu'elle lui rendit son sourire, Leo se sentit en proie à un léger vertige. Ils allaient savoir si c'était un petit garçon ou une petite fille. Ensemble.

Margo était déterminée à faire de ce Noël une fête merveilleuse. Durant son enfance, cela n'avait été qu'un jour comme les autres. Adulte, elle avait décoré son appartement et échangé des cadeaux avec Sophie, mais rien de plus. Alors, maintenant qu'elle avait une maison et une famille, elle voulait organiser un vrai Noël.

De son côté, Leo lui avait raconté qu'il ne l'avait jamais vraiment fêté non plus car les orthodoxes célébraient principalement Pâques. Dans sa famille, un grand repas avait cependant lieu le jour de Noël, mais ils s'offraient des présents le 1er janvier.

— Etant donné que nous avons des choses à fêter cette année, dit-il, je suis d'accord pour changer les traditions !

Cependant, la fête garderait son côté grec, décida Margo. Aussi entreprit-elle de préparer, avec Maria, des *melomakarona*, ces délicieux macarons grecs à base de farine et de semoule parfumés à l'orange, des *kourabiedes*, exquis petits sablés fondants aux amandes saupoudrés de sucre glace, et Maria confectionna de superbes *christopsomo*, les brioches traditionnelles rondes ornées d'une croix byzantine en relief.

Pour la décoration, Margo alla ramasser des branches de pin qui embaumèrent bientôt toute la maison.

De son côté, Leo revint un soir avec un sapin de Noël et, lorsque Parthenope vint les voir avec Timon, son adorable petit garçon, Margo fabriqua avec eux des décorations qu'ils suspendirent aux branches.

De temps en temps, elle songeait à sa nouvelle vie en se disant que c'était trop beau pour être vrai, trop merveilleux pour durer, mais par ailleurs elle sentait grandir sa foi en l'avenir… tout en continuant de s'interroger sur le couple qu'elle formait avec Leo.

Les sentiments qu'elle éprouvait pour son mari dépassaient l'amitié, Margo ne pouvait plus se le cacher, mais sans se résoudre à lui avouer qu'elle commençait à l'aimer. Elle avait d'ailleurs du mal à se l'avouer à elle-même, de peur que leur fragile bonheur s'évanouisse.

Et puis, le présent lui suffisait, pour l'instant.

La veille de Noël, ils se rendirent tous ensemble à Amphissa pour assister à la célébration de minuit, ponctuée de *kalanda*, chantés par des enfants.

Une fois de retour à la villa, Ava et Xanthe se retirèrent dans leurs suites et, lorsque Margo se retrouva seule avec Leo dans le salon, devant la cheminée où brûlait un grand feu dont les flammes projetaient des reflets dorés sur le sapin décoré, il sortit une enveloppe de sa poche.

— On l'ouvre ?

— Tu crois ? répliqua Margo avec un frisson d'excitation.

— Il est plus de minuit : c'est Noël, dit-il en s'asseyant en tailleur sur l'épais tapis. Viens à côté de moi, comme ça nous le lirons en même temps.

— D'accord, dit-elle en s'installant un peu gauchement.

Sans dire un mot, ils décachetèrent l'enveloppe ensemble, puis déplièrent la feuille de papier blanc sur laquelle la radiologue avait écrit une seule phrase :

« C'est… un garçon ! »

— Un garçon…, murmura Margo.

Soudain, elle se sentit déstabilisée, presque inquiète. Elle avait été surexcitée à la perspective de découvrir le sexe du bébé mais, maintenant qu'elle le connaissait, tout devenait plus réel, et moins réel en même temps.

— Un fils, dit-elle en posant les mains sur son ventre. Nous allons avoir un fils…

Elle se tourna vers Leo qui avait l'air lui aussi stupéfait.

— Tu es content ?

— Je suis… fou de joie, murmura-t-il en recouvrant ses mains des siennes. Et toi ?

— Oui, moi aussi. Mais c'est étrange… J'ai du mal à y croire.

— Je comprends ce que tu ressens. Mais tu n'es pas… déçue ?

— Déçue ? Pourquoi serais-je déçue ?

— A cause… d'Annelise.

Une brève souffrance traversa la poitrine de Margo, avant de disparaître aussitôt.

— Une petite fille ne l'aurait pas remplacée, Leo.

— Je sais. Rien ni personne ne pourrait la remplacer. Mais cela t'aurait peut-être…

— Non, c'est mieux ainsi, l'interrompit-elle doucement. C'est un nouveau départ, pour tout le monde.

Le cœur battant, Margo comprit qu'elle le pensait. Le désirait. Et Leo dut le comprendre aussi car son regard s'assombrit, puis descendit sur sa bouche.

— Margo…

Il l'embrassa. Avec une douceur infinie, lui caressant la joue d'une main et gardant l'autre sur son ventre.

Soudain il s'écarta, presque brutalement.

— J'ai envie de toi. Je te désire comme un fou, Margo. Mais seulement… si tu me désires aussi.

Une telle vulnérabilité se lisait sur ses traits virils que Margo sentit son cœur se serrer. Lentement, elle leva la main pour lui caresser la joue, tout comme il venait de caresser la sienne.

— Je te désire, Leo. Moi aussi, j'ai très envie de toi.

— C'est… sans danger ?

— Absolument, le médecin me l'a certifié. Et nous n'avons pas à nous soucier de contraception, ajouta-t-elle avec un petit sourire malicieux.

Tout en riant, il reprit sa bouche, mais cette fois avec fougue, sans plus rien retenir du désir qui le consumait comme il la consumait elle-même.

— Dans ma chambre ou dans la tienne ? demanda-t-il en détachant ses lèvres pour les laisser descendre sur son cou.

Margo contempla le feu crépitant dans la cheminée…

— Non, restons ici, chuchota-t-elle.

Quand elle lui déboutonna sa chemise et la fit glisser sur ses épaules, puis sur ses bras musclés, elle embrassa la peau chaude et lisse, juste sous la clavicule, savourant son goût de sel.

— Si tu continues comme ça, tout va se terminer avant même d'avoir commencé…, dit Leo d'une voix rauque.

— Pourquoi pas ?

— Parce que je veux en apprécier chaque instant.

Lentement, il défit le lien fermant sa robe portefeuille de jersey qui s'ouvrit d'un coup.

Margo frissonna. Sa silhouette avait tant changé depuis la dernière fois qu'ils avaient fait l'amour… Néanmoins, jamais ils n'avaient partagé une telle intimité, une telle tendresse. Ils étaient vraiment à nu, tous les deux.

Après lui avoir ôté sa robe, Leo lui caressa doucement le ventre.

— Tu es si belle, Margo.

— Même enceinte ?

— Surtout enceinte. Le fait que tu portes mon enfant te rend encore plus irrésistible…

Il se pencha et lui déposa un baiser sur le ventre, puis l'aida à s'allonger sur le dos avant de s'étendre à côté d'elle. Et, quand il reprit sa bouche, laissa glisser ses lèvres sur sa gorge, ses seins, son ventre, ses cuisses, Margo écarta les jambes en haletant. Elle se sentait encore plus vulnérable, mais chérie, et elle voulait que Leo ressente la même chose.

— A mon tour, maintenant, dit-elle en le poussant pour le faire rouler sur le dos.

— Si tu insistes… Margo…

Prenant tout son temps, elle lui embrassa la poitrine, la taille, tandis que Leo s'agrippait à ses cheveux. Et, lorsqu'elle libéra son érection et la caressa d'une main avant de la prendre dans sa bouche, il poussa une plainte rauque en soulevant les hanches.

— Margo…

Leo se redressa et la souleva dans ses bras pour l'installer à califourchon sur lui. Quand elle sentit son sexe s'enfoncer en elle, Margo ferma les yeux et se mit à haleter. Leo bougeait en elle, ses mains lui maintenant fermement les hanches et l'entraînant dans une danse enivrante.

Ils s'abandonnèrent à la volupté ensemble. Les bûches crépitaient dans la cheminée, accompagnant leurs gémissements de plaisir, puis, éblouie par une explosion d'étincelles dorées, Margo atteignit l'extase en renversant la tête en arrière. Leo la suivit et, quand elle sentit sa semence se répandre en elle, elle murmura son prénom, encore et encore.

Longtemps après, alors qu'ils reposaient enlacés, Leo la repoussa avec une douceur infinie et la regarda en silence durant un long moment.

— Cela faisait longtemps…, murmura-t-il enfin.

— Il n'y a eu… personne d'autre… depuis… ?

— Personne, Margo, dit-il d'une voix ferme. Personne d'autre que toi depuis notre première nuit.

— Il n'y a eu personne pour moi non plus, Leo. Tu me crois, n'est-ce pas ?

— Oui.

Ils restèrent encore longtemps allongés sur le tapis devant le feu, et soudain Margo eut l'impression que ça pourrait vraiment fonctionner. Qu'elle pourrait enfin être heureuse. Complètement.

Et que cela pourrait peut-être durer…

14.

Quelques jours plus tard, Antonios et Lindsay arrivèrent de New York, comme prévu.

Un peu nerveuse à la perspective de faire leur connaissance, Margo avait passé des heures à discuter des menus avec Maria, à retoucher les décorations…

Sa relation avec Leo s'approfondissait de jour en jour, mais ni l'un ni l'autre n'avait prononcé les trois petits mots si importants. Après avoir passé la nuit de Noël avec elle, Leo venait la retrouver dans sa chambre chaque soir, sans même qu'ils aient eu besoin d'en parler.

Quand il s'était allongé à côté d'elle la veille, Margo s'était tournée vers lui et avait lissé sous son pouce les deux petits plis creusant son beau front.

— Dis-moi ce qui te préoccupe, Leo.

— Rien, avait-il répondu en tressaillant sous sa caresse.

— C'est le fait de revoir Antonios qui te tracasse ?

— Pas du tout.

— Pourtant, il y a quelque chose, je le vois bien…

— Tu te trompes complètement.

Puis il avait roulé sur le côté, loin d'elle.

— Dors, avait-il ajouté par-dessus son épaule.

Blessée par son attitude, Margo n'avait pas insisté et s'était vite endormie, heureusement.

Chassant ce souvenir, elle agita la main en voyant la voiture de location déboucher de l'allée. Grande et blonde, Lindsay en sortit la première et sourit à Margo.

Leo lui avait raconté que sa belle-sœur souffrait d'anxiété sociale mais qu'avec l'aide d'Antonios elle réussissait à la contrôler de mieux en mieux. Par conséquent, Margo souhaitait rendre le séjour de sa belle-sœur le plus agréable possible.

— Je suis très heureuse de vous rencontrer, dit-elle en souriant.

— Moi aussi. Surtout que je ne sais quasiment rien de vous, ajouta Lindsay en se tournant d'un air malicieux vers Leo.

Celui-ci lui adressa un sourire crispé.

— Venez, dit Margo en entraînant Lindsay vers les marches. Il fait très frais, aujourd'hui.

Lorsque Antonios sortit à son tour de voiture, Margo sentit la tension émaner des deux frères. Mieux valait les laisser seuls, décida-t-elle en se détournant.

Lindsay la suivit à l'intérieur et s'arrêta pour admirer les guirlandes de pin encadrant les portes.

— C'est magnifique ! s'extasia-t-elle. C'est vous qui avez fait tout cela ?

— Oui. J'adore m'occuper de décoration, répondit Margo en souriant.

— Si seulement je pouvais rendre notre appartement de New York aussi joli ! soupira Lindsay d'un air comique. Malheureusement je ne suis douée que pour les nombres…

— J'en doute beaucoup.

Lindsay était une brillante mathématicienne, lui avait expliqué Leo, et elle enseignait à l'université de New York. Et, à vrai dire, Margo se sentait un peu intimidée en sa présence.

Xanthe, Ava et Parthenope entrèrent dans le salon et prirent Lindsay dans leurs bras chacune à leur tour, puis Maria arriva et l'embrassa aussi, après avoir posé un plateau portant des tasses et du café, ainsi que des pâtisseries faites maison.

— Leo est un cachottier, fit Lindsay en se tournant vers Margo. Je ne savais même pas qu'il avait une petite amie.

— Disons qu'il est… discret, répliqua Margo en s'efforçant de sourire.

— Et puis, tu peux parler, Lindsay ! intervint Xanthe en riant. Antonios a débarqué avec toi sans même nous avoir annoncé qu'il s'était marié !

— C'est vrai, acquiesça Lindsay en riant elle aussi.

Elles étaient installées depuis un moment et buvaient le café en bavardant avec animation lorsque Antonios et Leo vinrent les rejoindre. Margo observa son mari à la dérobée, mais son visage ne révélait rien.

La conversation s'engagea sur la famille de Parthenope et les derniers exploits de Timon. Margo se détendit peu à peu. C'était si agréable de faire partie d'une famille, même si elle ne participait pas vraiment à la discussion, se contentant d'écouter parler les autres.

Tout irait bien, se répéta-t-elle en posant la main sur son ventre. Elle devait y croire. Ou au moins essayer d'y croire.

Installé dans un fauteuil en face de Margo, Leo prêtait à peine attention aux propos des uns et des autres, se repassant en boucle les quelques paroles qu'il venait d'échanger avec son frère.

Le revoir avait ravivé toutes sortes de souvenirs, de leur enfance, de la mort de leurs parents, des dix années d'hostilité, de soupçons… Leo s'était raidi malgré lui et, à en juger par l'attitude d'Antonios, à l'expression tendue qui empreignait son visage, il ressentait la même chose.

Ils auraient pu alléger l'atmosphère, oublier le passé, se dire en riant que ce n'était plus que de l'histoire ancienne, mais en réalité les souvenirs gardaient leur emprise sur eux deux. Et, si Leo ne pouvait dépasser ses rancœurs vis-à-vis d'Antonios, comment pourrait-il avancer avec Margo ?

Il désirait lui dire qu'il l'aimait, il voulait avoir confiance en leur mariage. Mais le souvenir de son dernier rejet le taraudait encore et lui nouait la langue.

— Comment ça va, la vie conjugale ? avait demandé Antonios en haussant un sourcil légèrement moqueur. Je ne savais même pas que tu fréquentais quelqu'un.

— On ne peut pas dire que nous ayons jamais échangé beaucoup à propos de nos vies personnelles, avait répliqué Leo sur le même ton. Et tu ne m'avais pas non plus parlé de Lindsay avant de l'amener ici, que je sache.

Antonios s'était contenté de hocher la tête, les mâchoires crispées, puis ils avaient rejoint les autres dans le salon. Margo avait l'air un peu tendue, même si elle écoutait tout le monde avec attention, remarqua Leo en l'observant. Il regretta de ne pouvoir s'isoler avec elle. De ne pas être sûr de ses sentiments. Ni des siens.

— Tout va bien, entre toi et Antonios ? demanda Margo tandis qu'elle s'apprêtait à se coucher.

Ils n'avaient pas eu l'occasion de se parler beaucoup durant la journée, et elle paraissait fatiguée, constata Leo.

— Aussi bien que possible, je suppose, répliqua-t-il en la regardant se déshabiller.

Quand elle défit son chignon, il fut parcouru par un frisson sensuel. Elle leva ses bras minces, ôta les épingles, et la rivière de boucles brunes se répandit sur son dos nu.

— Qu'est-ce que ça veut dire, au juste ? demanda-t-elle en s'emparant de sa chemise de nuit.

Dans le mouvement, Leo eut une vision délicieuse de seins et de cuisses à la peau laiteuse, avant que celle-ci ne disparaisse sous la soie couleur ivoire.

Quelques instants plus tard, Margo s'installa à côté de lui, le dos appuyé contre les oreillers, et se tourna vers lui, attendant sa réponse.

— Nous avons dix ans de tension derrière nous,

commença-t-il lentement. Et, même si nous en avons parlé, ce n'est pas aussi simple…

— Non, répliqua-t-elle avec calme. Rien n'est jamais simple.

Elle pensait à son propre passé, devina Leo. Car, en dépit de ses efforts pour l'oublier, elle restait marquée par son enfance difficile.

— Tu crois que ça pourra s'arranger avec le temps ? poursuivit-elle en le regardant d'un air grave.

L'espace d'un instant, il crut qu'elle parlait d'eux deux, avant de comprendre qu'elle faisait allusion à Antonios.

— Peut-être, répondit-il avec un haussement d'épaule.

Désireux de mettre un terme à ses questions, il l'attira doucement contre lui. Elle se laissa faire en souriant et, quand Leo prit sa bouche, elle fondit aussitôt dans ses bras.

Le lendemain, alors que Leo et Antonios s'étaient isolés pour discuter de questions concernant l'entreprise familiale, Lindsay rejoignit Margo qui comparait des échantillons de tissu dans la future chambre d'enfant.

— Bonjour, dit-elle en passant la tête par la porte entrebâillée. Je ne vous dérange pas ?

— Pas du tout ! Je n'arrive pas à me décider sur les couleurs des rideaux !

— Vous travailliez dans la décoration avant d'épouser Leo, n'est-ce pas ?

— Oui, j'étais acheteuse dans un grand magasin, à Paris.

— Cela vous manque ? demanda Lindsay. Quand je vivais ici avec Antonios, mon ancienne vie me manquait terriblement. Mon travail, mes recherches…

Margo la regarda avec surprise. Jamais elle n'aurait imaginé que leur mariage n'ait pas toujours été aussi idyllique qu'il le paraissait maintenant.

— Non, pas vraiment, répondit-elle lentement. Mais,

ce qui me manque de temps en temps, c'est de me sentir efficace, utile.

— Je comprends…, soupira sa belle-sœur. Lorsque j'ai rencontré Antonios à New York, j'ai cru vivre un conte de fées. Mais la réalité vous rattrape vite, n'est-ce pas ? Et, quand je suis redescendue sur terre, ça a été très dur.

— En quoi cela a-t-il été dur, au juste ? demanda Margo, de plus en plus surprise.

— Leo vous a sans doute parlé de mes problèmes d'anxiété sociale ?

— Un peu…

— Dès notre arrivée ici, Antonios m'a installée dans mon rôle de maîtresse de maison. Il croyait me faire un honneur alors qu'en fait cela me terrifiait. Je souffrais d'anxiété sociale depuis mon enfance ; alors, quand je me suis retrouvée dans cette immense villa, soumise aux regards plus que critiques de ses sœurs… j'ai paniqué.

— Pourtant, elles vous adorent.

— Oui, répliqua Lindsay avec un sourire en coin. Mais, quand Antonios a débarqué avec une épouse sortant de nulle part, le moins que l'on puisse dire, c'est qu'elles ont été surprises… !

— Comme elles l'ont été quand Leo est revenu avec moi ! renchérit Margo en riant. Les pauvres… Elles ont eu leur dose de surprises…

— Vous vous connaissez depuis longtemps, Leo et vous ?

Lindsay s'interrompit en rosissant.

— Excusez-moi, vous devez me trouver indiscrète… reprit-elle. Mais vous me faites un peu penser à moi, quand je suis arrivée ici. Vous semblez un peu submergée…

— Ah bon ? fit Margo d'une voix tendue.

— Je me trompe ? demanda doucement Lindsay.

— Non, reconnut-elle. Mon arrivée ici n'a pas été facile, surtout vu les circonstances.

Elle baissa les yeux sur son ventre tandis que Lindsay hochait la tête d'un air compréhensif.

— Je n'ai pas beaucoup d'expérience en matière de famille ou de maison, poursuivit Margo. J'ai vécu seule quasiment toute ma vie.

— Comme moi.

— Nous avons pas mal de choses en commun, apparemment, dit Margo en souriant.

— Antonios se montre parfois très… déterminé dans ses choix et ne tient pas toujours compte des besoins de l'autre, sauf si on le lui fait remarquer, plusieurs fois…

Elle adoucit ses propos par un sourire et enchaîna :

— Mais je l'aime totalement, et il m'aime autant que je l'aime, alors ça change tout.

— Oui, j'en suis sûre, murmura Margo.

La nuit dernière, elle et Leo avaient fait l'amour avec une tendresse particulière et ils avaient passé la nuit enlacés. Etait-ce de l'amour ? Cela y ressemblait, en tout cas, mais elle se sentait toujours méfiante, sur ses gardes. Et Leo l'était aussi.

Cependant, Margo ne pouvait plus se cacher qu'elle en désirait davantage.

Elle voulait un vrai mariage d'amour.

15.

Janvier passa paisiblement. Margo continuait la décoration de la chambre d'enfant et dirigeait la maison avec Maria, tout en apprenant à mieux connaître ses belles-sœurs. Et Leo.

Ils s'entendaient bien, discutaient de tout et de rien, les sujets allant de la politique à leurs livres préférés, aux voyages qu'ils aimeraient faire. En plus d'être un amant fabuleux, Leo devenait un ami prévenant et attentionné.

Mais ni l'un ni l'autre ne s'était encore risqué à dire « Je t'aime », et ils ne s'aventuraient plus à parler d'avenir.

Au fil du temps, Margo se demanda si au fond ce n'était pas mieux ainsi. S'il n'était pas préférable de garder une certaine distance. Parce que c'était peut-être le meilleur moyen de se protéger. De ne pas risquer de se retrouver le cœur brisé.

A la fin du mois, Leo revint un jour en milieu d'après-midi et lui demanda si elle voulait bien l'accompagner au bureau.

— Au bureau ? Pour quoi faire ?

— J'aimerais avoir ton avis sur quelque chose.

Surprise, elle le suivit et pénétra bientôt dans la longue bâtisse blanche abritant les bureaux de l'entreprise.

— Que penses-tu de ceci ? demanda-t-il en désignant un coffret de produits de bain à base d'huile d'olive.

Margo examina les flacons de verre épais, en ouvrit un et l'approcha de ses narines.

— Le look est réussi, je trouve, dit-elle enfin. Mais le parfum évoque davantage l'huile de cuisine qu'un liquide parfumé que l'on aurait envie de mettre dans son bain.

— C'est ce que je craignais, fit-il en hochant la tête. J'envisage de développer une nouvelle gamme de produits pour une prestigieuse chaîne hôtelière, mais je ne crois pas que ceux-ci soient à la hauteur.

— Il faudrait travailler encore sur la fragrance, confirma Margo.

— Tu pourrais nous faire profiter de ton savoir-faire, qu'en dis-tu ? Ce qu'il nous faut, c'est une personne expérimentée côté design, ayant du goût, et qui soit capable de donner son avis sur nos produits.

Totalement prise au dépourvu, Margo se contenta de le regarder en écarquillant les yeux.

— Il ne s'agirait pas d'un job à plein temps, continua Leo. Je sais que tu désires t'occuper de notre enfant. Mais tu as beaucoup à offrir, Margo, et ce serait dommage de gaspiller ton talent.

Une demi-heure plus tard, ils avaient conclu un accord : Margo viendrait au bureau deux jours par semaine pour étudier les nouveaux produits conçus par Marakaios Enterprises et participerait à la stratégie de marketing.

Non seulement l'idée lui plaisait, mais elle était enchantée de travailler avec Leo, en vrai partenariat.

Leo regarda en souriant Margo poser sa tasse en équilibre sur son ventre. Ses longs cheveux tombant librement sur ses épaules, elle lisait un magazine de décoration d'un air concentré.

Il adorait ces matins partagés avec elle, même quand ils n'échangeaient pas un mot. Il aimait être avec elle, la voir sourire ou plisser son beau front clair quand elle l'écoutait.

Plusieurs semaines plus tôt, lorsque Margo lui avait demandé s'il était heureux, Leo avait été incapable de répondre. A présent, il aurait répondu que oui, il était heureux avec elle.

Non seulement il était heureux, mais il aimait sa femme.

Il aurait voulu le lui dire, lui dire tout ce qu'il ressentait, et pourtant il n'y arrivait pas. Ce n'était jamais le bon moment.

Et puis, si elle répliquait que de son côté elle ne l'aimait pas ? La perspective d'un nouveau rejet lui était insupportable.

— Ça te dirait d'aller à Paris ? demanda-t-il soudain.

— A Paris ? répéta-t-elle d'un air surpris en reposant tasse et magazine sur la table. Pourquoi ?

— J'ai des affaires à régler là-bas, alors nous pourrions en profiter pour nous balader en touristes…

— Ça me semble une bonne idée, acquiesça-t-elle lentement. J'irai faire un tour au Grand Marché. J'ai donné ma démission, mais j'aimerais bien leur dire au revoir. J'ai travaillé longtemps chez eux.

— Parfait. Je m'occupe de tout : nous pouvons partir demain, si tu veux.

Quand elle hocha la tête en l'observant avec attention, Leo détourna les yeux. Il ne fallait pas qu'elle devine qu'il lui préparait une surprise.

Après avoir quitté la villa tôt le lendemain matin, ils prirent l'avion à Athènes. En milieu d'après-midi, ils arrivaient à l'appartement de Margo.

Immobile sur le seuil du salon, Leo regarda les tours de Notre-Dame visibles par la baie vitrée. C'était dans cette pièce qu'il avait demandé à Margo de l'épouser. Qu'elle l'avait rejeté, blessé, avant leur dernière étreinte durant laquelle ils avaient conçu le petit garçon blotti dans son ventre.

Tant de choses s'étaient passées, depuis… Mais il ne savait toujours pas vraiment ce que désirait Margo.

Six mois plus tôt, il avait cru le savoir, il avait été sûr de sa réponse. Avec le recul, il réalisait que sa propre assurance n'avait été en fait que de l'arrogance. Margo ne lui avait jamais laissé entendre qu'elle désirait se marier. Au contraire, tout dans son attitude indiquait plutôt l'inverse. Et pourtant, elle avait reconnu que cette femme glamour et sophistiquée n'était qu'une image, un masque.

Alors, est-ce que la vraie Margo, la femme adorable, attentionnée, captivante qu'il avait appris à découvrir sous le masque, sa femme, désirait ce qu'il désirait maintenant ?

— Leo…, dit-elle en s'arrêtant derrière lui et en lui posant les mains sur les épaules.

Repoussant ses souvenirs, il se retourna et l'enlaça.

— Nous garderons toujours cet appartement, dit-il.

Elle sourit, mais une ombre voila son regard.

Une ombre de tristesse.

Aussi comprit-il trop tard qu'en gardant cet appartement ils garderaient aussi les souvenirs qui allaient avec… qu'ils le veuillent ou non.

Il repensait au jour où il lui avait demandé de l'épouser, devina Margo en voyant le front de Leo se plisser. A son refus. Mais soudain il sourit et son visage s'éclaira tandis qu'il regardait autour de lui.

— Tu sais, avant de venir ici, je t'imaginais dans un appartement hypermoderne et contemporain, tout en verre et acier brillant.

— Comme ton appartement de célibataire à Athènes, c'est ça ? Je préfère vivre dans une atmosphère plus cosy !

— D'où le travail que tu as choisi. Comment as-tu débuté, d'ailleurs ? demanda-t-il en soulevant une statuette ancienne achetée aux Puces.

— J'ai obtenu une place de vendeuse à seize ans. Ensuite, j'ai gravi peu à peu les échelons. Je n'ai jamais travaillé ailleurs, en fait.

Après avoir reposé la statuette, Leo se tourna vers Margo.

— Cet endroit est très beau, dit-il. Tu es vraiment douée pour rendre un espace accueillant et harmonieux.

— Merci.

— Si tu souhaites faire transporter d'autres choses en Grèce, je peux m'en occuper.

— J'y réfléchirai demain.

Quand il sourit et la prit de nouveau dans ses bras, Margo se laissa aller dans sa chaleur. Elle se sentait tellement en sécurité avec Leo.

Si seulement cela pouvait vraiment durer…

Après avoir passé du temps avec ses anciens collègues qui furent tous ravis de la revoir, Margo alla s'installer avec Sophie dans leur café préféré aux fauteuils recouverts de velours rouge. Et Sophie commanda deux chocolats chauds avec une montagne de crème fouettée.

— Pour fêter ta nouvelle vie, dit-elle en souriant. Puisque tout semble s'être bien arrangé.

— Comment le sais-tu ? répliqua Margo en plongeant sa petite cuiller dans la crème onctueuse.

— Tu ne m'as pas envoyé de SMS de détresse, répondit son amie. Et, surtout, tu as l'air vraiment épanouie, Margo. Je ne t'ai même jamais vue aussi heureuse !

— Je le suis…

— Pourquoi cette hésitation, alors ? répliqua Sophie en haussant un sourcil.

— Parce que, le bonheur, c'est si fragile… et que Leo ne m'a toujours pas dit qu'il m'aimait.

— Et, toi, tu le lui as dit ?

— Non…

Elle avait tout raconté à Sophie : la demande en mariage de Leo et son refus.

— Pourquoi ?

— Parce que j'ai peur de sa réaction. Et que nous restons sur nos gardes, lui et moi.

— Alors, arrête, et fais le premier pas, suggéra Sophie en souriant.

— Ce n'est pas aussi simple... Je... J'ai l'impression que, si j'en fais trop, tout va s'effondrer comme un château de cartes...

— Et pourquoi est-ce que tout s'effondrerait ?

— Parce que j'ai peur que notre bonheur ne résiste pas à un obstacle imprévu... Je sais que je me laisse régenter par ma peur. Je m'en rends très bien compte, Sophie.

— Mais tu n'arrives pas à t'en débarrasser.

— Je crois que je préfère me contenter de ce que nous avons, plutôt que de demander plus et de prendre le risque de tout perdre, avoua Margo. Et, si c'est de la lâcheté, tant pis.

Sophie l'observa en silence durant quelques instants.

— Du moment que tu es heureuse comme ça...

Lorsqu'elle regagna l'île de la Cité, les paroles de Sophie résonnaient encore dans la tête de Margo. Etait-elle vraiment heureuse ? Pouvait-elle se contenter de ce qu'ils avaient ? Peut-être son amie avait-elle raison. Leo gardait ses distances parce qu'elle gardait les siennes de son côté. Il suffisait peut-être en effet qu'elle fasse le premier pas...

Ils allaient dîner au restaurant, ce soir-là. Leo avait réservé une table mais sans lui préciser où. Ce serait l'opportunité idéale pour lui avouer son amour.

Quand elle fut habillée, ayant choisi une robe au décolleté audacieux qui mettait en valeur ses seins épanouis, et maquillée avec soin, Margo s'installa dans le salon pour attendre Leo qui tardait à rentrer.

A 19 h 45, elle lui envoya un SMS. A 20 heures, elle ôta ses escarpins et ses boucles d'oreilles qui commençaient à lui faire mal et alla s'allonger sur le lit.

Le téléphone sonna à 20 h 15.

— Margo, excuse-moi, je suis désolé…

— Que s'est-il passé ? demanda-t-elle en s'efforçant de prendre une voix posée.

— Je suis en réunion avec les directeurs de la chaîne hôtelière. Il y avait des tas de questions importantes à discuter et je n'ai pas vu le temps passer…

— Pas de problème, dit Margo.

Il n'y en avait pas, effectivement. Sauf qu'elle comptait profiter de ce dîner pour lui avouer son amour. C'était peut-être un signe…

Pourquoi réagissait-elle ainsi ? se reprocha-t-elle en se ressaisissant. Ce n'était pas grave, leur dîner serait reporté, c'est tout.

Mais elle n'arrivait pas à s'en convaincre.

— A quelle heure comptes-tu rentrer ?

— Je n'en sais rien, soupira-t-il. Tard. Nous avons encore des sujets à aborder et ensuite nous irons sans doute boire un verre.

Après avoir hésité un instant, il ajouta :

— Ne m'attends pas.

Ces simples mots touchèrent Margo en plein cœur. C'était ridicule, elle réagissait de façon excessive, se répéta-t-elle. Néanmoins, elle raccrocha sans dire un mot.

Leo contempla son téléphone en fronçant les sourcils. Lui avait-elle bien raccroché au nez ? Uniquement parce qu'il avait été retardé par ses affaires ?

Non, il s'agissait d'autre chose. Il l'avait senti. Glissant son portable dans sa poche, il poussa un long soupir au moment où l'un de ses associés frappait à la porte avant de la pousser :

— Vous êtes prêt à reprendre, Leo ?

Leo hocha la tête, mais il regagna la salle de réunion en ne pouvant s'empêcher de continuer à penser à Margo.

Une heure plus tard, il déclara la réunion terminée.

— Désolé, messieurs, mais nous poursuivrons demain. Je dois vous quitter pour une affaire privée.

Après s'être déshabillée, Margo se fit couler un bain. Peut-être qu'ensuite elle se sentirait moins pessimiste, songea-t-elle en versant des sels apaisants dans l'eau chaude. Il ne s'agissait que d'un dîner raté. Une petite dispute de rien du tout. Et encore…

Une fois installée dans sa baignoire, elle ferma les yeux, mais sans parvenir à chasser la détresse qui lui étreignait le cœur.

Tout d'abord, elle crut que la douleur qu'elle ressentit soudain dans le ventre était liée au poids qui lui oppressait la poitrine. Puis, la douleur s'intensifiant, elle comprit que quelque chose n'allait pas.

Margo posa les mains sur son ventre en réalisant tout à coup qu'elle n'avait pas senti un seul petit coup de pied depuis longtemps, plusieurs heures au moins. Au même instant, une douleur fulgurante la traversa, suivie de la sensation d'un flux s'échappant entre ses cuisses.

Horrifiée, elle rouvrit les yeux et vit l'eau se teinter de rouge.

Lorsque, un peu après 22 heures, Leo pénétra dans l'appartement, il y régnait un calme presque surnaturel. Après avoir laissé tomber ses clés sur la table de l'entrée, il découvrit le salon vide et se dirigea vers la chambre.

Margo ne s'y trouvait pas non plus, mais la porte de la salle de bains était entrebâillée, laissant passer de la lumière.

— Margo ?

Seul le silence lui répondit. Leo traversa la pièce en trois enjambées et ouvrit grand la porte, avant de voir Margo dans la baignoire emplie d'eau rosée, la tête rejetée en arrière, le visage livide.

— Margo…

Il se précipita vers elle, la sortit de la baignoire, puis prit son portable dans sa poche de veste.

Margo souleva alors les paupières.

— J'ai perdu le bébé, n'est-ce pas ? demanda-t-elle, les yeux brillants.

— Je ne…, commença Leo avant de s'interrompre.

Elle avait fermé les yeux et perdu connaissance.

Lorsqu'elle revint à elle, Margo vit d'abord l'homme en blouse blanche devant elle puis réalisa qu'elle était allongée sur un brancard et que Leo marchait à côté d'eux en lui tenant la main.

— Mon bébé…, murmura-t-elle, en proie à une panique infernale.

Les doigts de Leo étaient aussi froids que les siens, réalisa-t-elle soudain. Il avait peur aussi. Il savait que le pire était arrivé.

— Ne vous inquiétez pas, dit le brancardier, nous vous emmenons à l'hôpital.

Puis Margo se retrouva dans une ambulance, une fois de plus. Alors que quelques heures plus tôt elle s'était décidée à dire à Leo qu'elle l'aimait, tout s'était écroulé. Rien ne serait plus jamais comme avant. Et, si elle perdait Leo, en plus du bébé, elle ne pourrait le supporter.

Sa panique fut remplacée par un froid engourdissant, que Margo avait cru ne plus jamais ressentir. Le froid qui l'avait envahie quand elle avait compris qu'Annelise était partie pour toujours. Parce que ç'avait été le seul moyen de s'en sortir. Sauf qu'elle ne s'en était pas sortie. Enfin, pas tout de suite. Et que cette fois-ci elle n'y arriverait pas. A moins de se couper de tout sentiment, de toute sensation…

Peu à peu, Margo eut l'impression de flotter au-dessus

de l'ambulance, de regarder d'en haut l'homme en blanc lui prendre sa tension.

— Le bébé est en difficulté, dit-il quelques instants plus tard en passant son stéthoscope sur son ventre.

En difficulté. L'expression semblait si faible par rapport à l'horreur de la situation.

— Ça va aller, *agapi mou*, chuchota Leo en lui serrant la main. Je te le promets.

Agapi mou. Mon amour. Ces ceux mots n'émurent même pas Margo.

— Tu ne peux pas tout promettre, dit-elle en détournant le visage.

L'ambulance arriva bientôt à l'hôpital et Margo fut transportée aux urgences, où on l'examina rapidement tandis que Leo devait rester à l'entrée en dépit de ses protestations.

Alors qu'elle glissait de nouveau dans l'inconscience, elle sentit une main lui toucher le bras.

— Madame Marakaios ?

Margo rouvrit les yeux.

— Vous avez un décollement placentaire. Vous savez ce que cela veut dire ?

— Mon bébé est-il en train de mourir ? répliqua-t-elle d'une voix étranglée.

— C'est un cas de souffrance fœtale : nous devons procéder à une césarienne en urgence. Donnez-vous votre consentement ?

— Mais je n'en suis qu'à la vingt-septième semaine…

— C'est la seule chance pour le bébé, madame.

Margo hocha la tête en silence. Avait-elle le choix ?

Les larmes coulant sur ses joues, elle resta immobile pendant qu'une infirmière la préparait pour l'intervention.

Si elle pleurait, cela signifiait qu'elle n'était pas complètement insensible…

Ce fut sa dernière pensée avant que l'anesthésie ne commence à faire son effet.

16.

Incapable de rester assis, Leo arpentait la salle d'attente les poings serrés. Il se sentait furieux, impuissant, et malade d'anxiété. C'était impossible, il ne pouvait pas perdre leur fils. Il ne pouvait pas perdre Margo.

Il se fustigea de ne pas avoir eu le courage de lui dire qu'il l'aimait. Il s'était retenu par peur d'être rejeté, de souffrir, et à présent…

Si Margo en réchappait, il se jura de le lui dire. De lui dire tout ce qu'il ressentait.

— Monsieur Marakaios ?

L'obstétricien, encore en tenue de bloc opératoire, lui fit signe de le rejoindre.

— Alors… ? Est-ce que ma femme… ?

— Votre femme et votre fils sont sains et saufs, répondit le médecin avec calme. Mais faibles.

— Faibles… ?

— Votre femme a perdu beaucoup de sang. Son état est stable, mais il lui faudra plusieurs semaines pour se rétablir.

— Et le bébé ?

— Il est en unité néonatale de soins intensifs. Il est très petit et ses poumons ne sont pas encore matures. Il devra rester hospitalisé durant un certain temps.

Incapable de prononcer un mot, Leo hocha la tête. Puis, reprenant le contrôle de ses émotions, il demanda à voir Margo.

*
* *

Installée dans une chambre particulière, elle reposait dans son lit, les yeux clos.

— Margo..., dit-il doucement en lui effleurant la main.

Après avoir soulevé les paupières, elle le regarda un long moment, puis détourna son visage.

— Margo, tout va bien. Tu es saine et sauve et le bébé aussi.

— Il est vivant, tu veux dire.

Leo battit des cils en sentant ses yeux s'embuer.

— Oui. Il est petit, ses poumons ne sont pas encore complètement formés, mais il...

— Tu ne peux pas savoir s'il s'en sortira, Leo.

— Je viens de parler avec le médecin...

Quand elle secoua la tête, il voulut insister :

— Margo, ça va aller..., assura-t-il en lui caressant furtivement la main.

Elle l'écarta aussitôt.

— Cesse de faire des promesses que tu ne peux tenir, Leo.

Se sentant de nouveau impuissant, il la regarda en silence.

— Je sais que ça a été...

— Tu ne sais rien du tout ! l'interrompit-elle avant que sa voix ne se brise dans un sanglot. Tu ne sais pas ce que c'est que de tout perdre, encore une fois.

— Mais tu n'as pas...

— Je préférerais que tu t'en ailles, Leo. S'il te plaît.

Tout se rebellait en lui à l'idée de la laisser maintenant. Il aurait voulu lui dire qu'il l'aimait, alors que manifestement elle ne pouvait même pas supporter sa vue.

— Margo...

A cet instant, il se rendit compte qu'elle s'était endormie.

Après lui avoir déposé un léger baiser sur le front, Leo sortit de la chambre et partit en quête d'un membre du personnel susceptible de lui donner davantage de précisions.

— C'est difficile de prévoir ce qui va se passer, expliqua un médecin qu'il rencontra dans le couloir. Il y a eu de formidables avancées dans les soins aux prématurés, bien sûr. Mais je ne peux pas faire de pronostic pour l'instant car, à ce stade, le système immunitaire n'est pas entièrement développé, ni les poumons. Par conséquent, ils peuvent très bien développer une infection qui entraîne des complications graves.

La gorge nouée, Leo hocha la tête. Il venait de garantir à Margo que tout irait bien, mais elle avait eu raison : il ne pouvait pas tout promettre.

Un frisson le parcourut : leur mariage survivrait-il à cette épreuve ?

Quelques minutes plus tard, immobile derrière la vitre séparant les prématurés du monde extérieur, il regarda son minuscule bébé agiter ses tout petits poings rouges. Gagné par une émotion indescriptible, faite d'amour farouche et de crainte désespérée, Leo contempla les fins tuyaux qui l'aidaient à respirer, le nourrissaient…

Quand il retourna voir Margo, elle était réveillée et assise dans son lit, mais son visage restait fermé.

— Le médecin dit que les prochaines semaines seront cruciales, commença-t-il.

Elle hocha la tête, l'air presque indifférent.

— Notre bébé devra rester quelque temps à l'hôpital, continua Leo. Un mois au minimum.

Nouveau hochement de tête.

— Je peux t'emmener le voir en fauteuil roulant, si tu veux.

Après l'avoir regardé un moment en silence, elle répondit lentement :

— Non, merci.

— Margo…

— Je t'ai dit tout à l'heure que je préférais être seule, dit-elle en détournant les yeux.

— Margo, je t'en supplie : dis-moi ce qui se passe…

— Rien. Je viens juste de réaliser… que je ne pouvais pas continuer. J'ai cru pouvoir, je l'ai désiré, mais j'en suis incapable.

— Continuer quoi ?

— Tout ça, fit-elle en embrassant l'espace d'un geste de la main. Le mariage. La maternité. Je ne peux pas me risquer à aimer quelqu'un et le perdre encore une fois. Je… je ne peux pas, c'est tout.

— Margo, je ne te quitterai pas…

— Peut-être pas physiquement. Tu as trop le sens de l'honneur pour ça. Mais tu m'as dit toi-même que tu ne m'aimais pas…

— C'était il y a deux mois…

— Et cela n'a pas changé, n'est-ce pas ? fit-elle en le regardant dans les yeux. Rien n'a changé, Leo.

Comme il restait silencieux à chercher ses mots, elle prit son silence pour une confirmation.

— C'est ce que je pensais. Nous avons vécu des moments délicieux, Leo. Mais…

— Non, l'interrompit-il d'une voix ferme. Non, Margo, je ne te laisserai pas sacrifier notre mariage simplement parce que tu as peur.

— Bien sûr que j'ai peur, riposta-t-elle, les yeux brillant de colère. Est-ce que tu sais ce que c'est, de perdre quelqu'un ?

— Oui. J'ai perdu mon père puis ma mère.

— Un enfant, ce n'est pas pareil. Un enfant dont j'étais responsable, qui avait besoin de moi pour tout…

Sa voix se brisa, ses épaules tremblèrent.

— Margo… Oh ! Margo…, murmura Leo en s'asseyant sur le bord du lit pour la prendre dans ses bras.

Elle ne résista pas mais se raidit contre lui.

— Je t'aime, dit-il. Je t'aime, et cela ne changera jamais. Quoi qu'il arrive.

A sa grande stupeur, elle se mit alors à sangloter sans retenue et le repoussa en s'essuyant les joues.

— Je ne te mérite pas, Leo.

— Me mériter ? Qu'est-ce que le mérite a à voir là-dedans ?

— Annelise est morte par ma faute. C'est peut-être ma faute aussi si notre fils est en danger. J'ai peut-être…

— Chut, Margo, murmura-t-il en lui essuyant tendrement les joues. Cesse de te blâmer pour tout. Ce qui est arrivé à Annelise aurait pu arriver à n'importe quel enfant, à n'importe quelle mère. Et tu n'étais toi-même qu'une enfant. Quant à notre fils… tu as fait très attention, je suis là pour en témoigner. Tu n'es pas coupable, Margo. De rien.

Elle secoua la tête, mais Leo continua.

— Il faut oublier le passé et te pardonner. Tu dois regarder devant, pas en arrière. Parce que je t'aime, et que je regrette de ne pas te l'avoir dit plus tôt. Si je l'avais fait, tu aurais eu quelque chose auquel te raccrocher avant de partir au bloc.

— Tu es sincère, Leo ? demanda-t-elle en battant des paupières. Tu le penses vraiment ?

— De tout mon cœur.

— Je ne t'ai même pas dit ce que je ressentais…

— Si tu ne m'aimes pas, répondit-il posément, ce n'est pas grave. Je peux attendre…

— Mais je t'aime ! le coupa-t-elle. Je voulais te le dire tout à l'heure, au cours du dîner…

— Rien ne s'est passé comme nous le souhaitions, n'est-ce pas ? répliqua Leo en lui soulevant la main pour en embrasser la paume. Mais nous sommes ensemble, et nous avons notre fils, et je ferai tout pour…

— Je te crois ! s'exclama-t-elle avec un rire tremblant. Tu n'as pas à m'en convaincre, Leo.

Il sourit et lui caressa la joue.

— Si on allait le voir, maintenant ?

Le cœur battant à tout rompre, Margo contempla le petit être minuscule qu'ils avaient conçu ensemble et qui levait les poings d'un air mécontent.

— Il a beaucoup de personnalité, murmura Leo. Il va se battre, tu verras.

— Oh ! Leo…

Grâce à lui, grâce à sa douceur, sa compréhension, son amour, elle avait retrouvé de l'espoir. Il lui avait redonné envie d'essayer. De se battre, elle aussi.

— Notre fils, notre petit garçon, chuchota-t-elle en levant les yeux vers Leo.

Il sourit, les yeux brillant de larmes.

Leo, et leur fils. Sa famille.

Il n'existait aucune certitude, aucune garantie. Ni de promesses que tout se passerait sans encombre. La vie était une rivière accidentée, traversée de courants imprévisibles, et la seule chose à faire était de se cramponner, d'aimer et de tenir bon. D'aimer les deux êtres qui lui étaient les plus chers au monde.

Epilogue

— Où allons-nous ? demanda Margo en sortant de l'immeuble.

Cela faisait trois mois qu'Annas, leur fils, était né, et il sortait de l'hôpital le lendemain. Alors, pour fêter l'événement, Leo l'avait invitée à dîner.

Annas avait contracté plusieurs infections pulmonaires qui les avaient terrifiés, et par deux fois la situation avait été critique, faisant connaître à Margo les pires terreurs de sa vie. Mais, grâce au soutien et à la force de Leo, elle avait relevé le défi, déterminée à faire face et à croire en leur fils, à lui insuffler tout l'amour qu'elle ressentait pour lui.

Et il était en bonne santé à présent, et pesait un peu plus de deux kilos sept, pour la plus grande joie de ses parents.

Dès que le taxi s'arrêta au bord du trottoir, Leo se pencha pour indiquer la direction au chauffeur en veillant à ce qu'elle n'entende pas ses paroles.

Mais, quand le véhicule se gara à proximité de la tour Eiffel, Margo se tourna vers Leo d'un air surpris. Sans répondre, il sortit de voiture et vint lui ouvrir sa portière en souriant d'un air mystérieux. Puis, après avoir réglé la course, il l'entraîna vers la tour Eiffel au pied de laquelle les attendait un homme en livrée.

— Bonsoir, monsieur Marakaios. Bonsoir, madame.

— Qu'est-ce que… ? commença-t-elle en regardant Leo.

— Un peu de patience…

L'ascenseur s'arrêta au deuxième étage de la tour, complètement désert.

Comme Margo adressait un regard interrogateur à Leo, il répondit en haussant un sourcil :

— Je l'ai réservée pour nous.

— La tour Eiffel tout entière ?

— La tour Eiffel tout entière.

— On ne peut pas…

— Si, moi, je peux, répondit-il en souriant.

Elle éclata d'un rire incrédule.

— Tu es incroyable, Leo…

— Ravi de te l'entendre dire, *agapi mou.*

Quand elle entra dans le luxueux restaurant, Margo se sentit gagnée par une émotion immense. Ils avaient traversé tant d'épreuves ensemble, et celles-ci n'avaient fait que renforcer l'amour qu'elle éprouvait pour Leo.

— Je n'arrive pas à croire que tu aies réservé toute la tour Eiffel, dit-elle en se laissant entraîner vers la table dressée avec raffinement pour deux.

Derrière la paroi vitrée, Paris s'étalait de tous côtés, ses lumières s'allumant les unes après les autres en une sorte de symphonie colorée.

Un serveur stylé apporta du vin blanc et des huîtres présentées sur un lit d'algues et de glace, avant de s'éclipser discrètement.

— Tu n'as pas fait les choses à moitié, souffla Margo.

— Je voulais m'y prendre comme il faut, cette fois-ci.

— Cette fois-ci ?

Il porta son verre à ses lèvres et but une gorgée de vin avant de le reposer, l'air sérieux.

— Oui, pour te faire ma demande.

— Ta demande ? Mais nous sommes déjà mariés, Leo…

— Civilement, oui.

— Tu veux qu'on se remarie ?

— Non, car nous sommes légalement unis, c'est vrai.

Mais je veux recommencer, afin que nous en gardions tous les deux un souvenir heureux.

— Tu ne…

— Je sais. Mais je le désire. Parce que je t'aime.

— Moi aussi, je t'aime.

— Alors…

Souriant, il se leva et vint poser un genou à terre devant elle, puis lui prit la main.

— Margo Marakaios, je t'aime plus que ma vie. J'aime la femme en toi, la mère. J'aime tout de toi et je t'admire profondément.

— Oh ! Leo… J'ai vécu dans la peur si longtemps…

— Moi aussi, Margo. Mais tu m'as aidé à avancer, à dépasser mes peurs. Et, grâce à toi, j'ai compris que le plus important, c'était d'aimer. De t'aimer.

— J'en suis heureuse, chuchota-t-elle.

Il sortit un petit écrin violet foncé de sa poche.

— Acceptes-tu cette bague ?

— Oui ! s'exclama-t-elle en contemplant le somptueux saphir entouré de deux diamants. Elle est magnifique…

— Chaque pierre représente l'un de nous : Annas, toi et moi, dit-il en lui glissant l'anneau de platine au doigt. Alors, veux-tu m'épouser, Margo Marakaios ?

— Je l'ai déjà fait, mais, oui, j'accepte ! répondit-elle en riant de bonheur.

— Ouf…, murmura-t-il d'un ton malicieux en se redressant.

Et, quand il l'embrassa, toute la ville étincela autour d'eux.

Si vous avez aimé *Bouleversante proposition*, découvrez sans attendre le précédent roman de la série « La promesse des Marakaios » :

Indomptables sentiments

disponible dès à présent sur www.harlequin.fr

Retrouvez en mai,
dans votre collection

Azur

A la merci de Dario Olivero, de Kate Walker - N°3705

MARIAGE ARRANGÉ

Afin de décourager un prétendant trop insistant, Alyse a mis au point un plan parfait : elle va séduire un inconnu à la soirée de gala à laquelle elle est invitée. Un plan parfait, vraiment ? En théorie seulement. Car, sous les baisers brûlants de Dario Olivero, cet Italien plus époustouflant que tous les princes de conte de fées, elle se sent happée par la passion. Frappée par un véritable coup de foudre ! Et elle, d'habitude si sage, se laisse surprendre dans une position compromettante par son amoureux éconduit... Désormais, la voilà seule, fuyant dans la nuit. Car son prétendant lui a annoncé qu'il n'hésiterait pas, pour laver cet affront, à se venger d'elle et de sa famille...

Les tourments du désir, de Sarah Morgan - N°3706

COUP DE FOUDRE AU BUREAU

Nik Zervakis est conquis. Lily est si sensuelle, si pétillante... Cependant, il a pris la peine de la prévenir : avec lui, elle ne partagera que du plaisir. Des étreintes brûlantes qui ne déboucheront sur aucune relation. Hors de question que la jeune femme s'amourache de lui ! Pourquoi alors sent-il son cœur se serrer lorsque, au lendemain de leur unique nuit d'ivresse, il s'aperçoit que Lily a disparu ? Hanté par le souvenir de sa peau douce sous ses doigts, Nik prend aussitôt sa décision : il retrouvera Lily, et lui demandera de l'accompagner au mariage auquel il est invité sur une île grecque. Après tout, tant qu'il se retient de céder de nouveau au désir, il ne brise pas vraiment leur accord...

Une seule nuit entre ses bras, de Joss Wood - N°3707

Victoria enrage... Comment Matt, son nouveau colocataire, a-t-il osé lui refuser le moment de plaisir auquel ils aspirent tous les deux ? Pour ajouter à son humiliation, voilà qu'elle le retrouve à présent à la soirée professionnelle qu'elle organise. Car, bien sûr, en plus d'être irrésistible, Matt est un attaché de presse réputé, qui lui propose bientôt de collaborer avec lui ! Si Victoria a l'impression d'être hantée par son beau regard vert, elle sait également qu'elle ne peut refuser une offre aussi intéressante. Même s'il devient évident que leur désir est réciproque, et que, malgré leurs différences, ils ne pourront pas s'interdire éternellement de céder à la passion...

Sous l'emprise d'un play-boy, de Melanie Milburne - N°3708

Daisy est encore sous le choc : a-t-elle vraiment annoncé à la presse qu'elle était engagée dans une relation sérieuse avec Luiz Valquez, le célèbre joueur de polo, connu pour être un incorrigible play-boy ? A-t-elle perdu la tête ? Bien sûr, elle n'avait pas d'autre choix pour préserver sa réputation, alors que les journalistes l'avaient surprise au petit matin sortant de la chambre d'hôtel de l'illustre sportif. Hors de question pour elle, institutrice distinguée dans une école privée de Londres, de laisser penser qu'elle s'est abandonnée à une aventure d'un soir... Mais que va-t-elle faire, maintenant ? Pour sauver les apparences, elle est désormais condamnée à passer le reste de son séjour à Las Vegas auprès de Luiz, et n'a qu'une peur : tomber sous le charme du bel Argentin.

Coup de foudre à Paris, de Dani Collins - N°3709

Depuis que Demitri Makricosta, le séduisant directeur des hôtels du même nom, a posé les yeux sur elle, Natalie a l'impression d'être sur un petit nuage. Demitri est un amant prévenant, romantique, et tellement passionné... Bien sûr, elle s'est toujours promis de ne pas entretenir de relation avec un collègue, mais vivre cette idylle à Paris, avec cet homme irrésistible, est un cadeau qu'elle ne peut refuser. D'autant qu'elle sait que leur histoire ne durera pas : Demitri est un séducteur sans attaches et, lorsqu'elle finira par lui annoncer qu'elle est la mère d'une petite fille, Natalie sait pertinemment qu'il s'enfuira à toutes jambes...

Une capricieuse ennemie, d'India Grey - N°3710

Tamsin Calthorpe... Son ennemie. Celle qui l'a fait exclure de l'équipe anglaise de rugby, six ans plus tôt... La jeune femme s'était jetée à son cou, et Alejandro D'Arienzo n'avait appris que trop tard qu'elle était la fille de son entraîneur... Jamais il ne lui pardonnera d'avoir, par caprice, mis sa carrière en danger. Aujourd'hui, de retour sur les terrains, il compte donc se venger de cette héritière trop gâtée. Elle se prétend styliste ? Il la mettra publiquement au défi de venir travailler pour lui, en Argentine. Si elle refuse, cela prouvera à tous qu'elle n'est qu'une fille à papa qui a décroché ses précédents contrats par relation. Et si elle accepte... Alejandro a déjà imaginé bien des façons de faire passer sa colère...

Une indomptable fiancée, de Jennifer Hayward - N°3711

SÉRIE : LES MARIÉS DE L'ÉTÉ - 1ER VOLET

Depuis la mort de son grand-père, Rocco Mondelli n'a plus qu'une idée en tête : honorer la mémoire du vieil homme en reprenant les rênes de la maison de couture familiale. Hélas ! sa réputation de play-boy le dessert et, avant de pouvoir prétendre à ses nouvelles fonctions, il devra faire preuve de son sérieux et de sa fiabilité. Pour cela, il doit trouver une fiancée ! Et justement, la ravissante Olivia Fitzgerald, ex-mannequin et véritable croqueuse de diamants, est dans le besoin... Sauf qu'au lieu d'accepter à bras ouverts son offre alléchante, la jeune femme rétorque à Rocco qu'elle tient farouchement à son indépendance ! Une rébellion qui ne fait que décupler chez lui le désir dévorant qui l'a saisi au premier regard échangé avec Olivia...

Le piège de l'ambition, d'Annie West - N°3712

SÉRIE : L'AMOUR EN SEPT PÉCHÉS - 5E VOLET

Ainsi, Flynn n'a fait que... la manipuler ? Alors qu'elle vient de découvrir que son mari n'est qu'un menteur sans scrupules, Ava peine à réprimer ses tremblements. Ces retrouvailles inattendues à Paris, alors qu'ils s'étaient perdus de vue depuis sept ans, cette demande en mariage si romantique, qu'elle avait acceptée avec émotion... Tout ça n'était qu'une odieuse mascarade ? Certes, en tant que riche aristocrate anglaise, elle représentait un merveilleux parti pour Flynn, issu d'un milieu modeste. Mais comment a-t-il pu se jouer d'elle de la sorte, alors qu'elle était éperdument amoureuse de lui ? Dévastée, Ava sait qu'elle devrait bouillir de colère et se venger de Flynn. Hélas ! elle ne peut que se languir de son absence, et regretter les heures brûlantes passées entre ses bras...

Un redoutable adversaire, d'Abby Green - N°3713

SÉRIE : LE SECRET DES HARRINGTON - 2E VOLET

Elle devra se soumettre à un mariage arrangé ? Keelin a l'impression de vivre au siècle dernier. N'est-elle donc qu'un pion dans les affaires de son père ? Décidée à éviter coûte que coûte cette union qu'elle n'a pas choisie, Keelin sait qu'il lui reste une option : que son fiancé, Gianni Delucca, refuse de l'épouser. Face à cet homme raffiné et secret, elle n'aura qu'à se comporter comme la dernière des écervelées, la plus vulgaire des héritières, et il sera forcé de renoncer à cette mascarade ! Pourtant, lorsqu'elle rencontre Gianni pour la première fois, Keelin est fascinée. Et le regard méprisant qu'il pose sur sa tenue provocante lui transperce le cœur. Sera-t-elle capable de jouer le jeu jusqu'au bout ?

L'héritier rebelle, de Lynn Raye Harris - N°3714

SÉRIE : SCANDALEUX HÉRITIERS - 5E VOLET

En prenant place à une table de poker, dans un casino de Nice, Jack croise le regard d'une employée, une jeune femme ravissante qui fait aussitôt naître en lui un désir brûlant. Et quand il se rend compte que la belle Cara Taylor, accusée à tort par son patron d'avoir voulu le voler, pourrait être en danger, il n'a plus qu'une idée : l'emmener loin d'ici pour la protéger. Puisqu'elle se retrouve désormais sans travail, pourquoi ne pas lui proposer de la rémunérer pour l'accompagner en Angleterre, où il doit assister au mariage de son frère ? Une occasion qui pourrait lui permettre de montrer à Cara à quel point il la désire...

Composé et édité par HARLEQUIN

Achevé d'imprimer en mars 2016

BLACK PRINT

Barcelone

Dépôt légal : avril 2016

Pour l'éditeur, le principe est d'utiliser des papiers composés de fibres naturelles, renouvelables, recyclables, et fabriquées à partir de bois issus de forêts gérées selon un système d'aménagement durable. En outre, l'éditeur attend de ses fournisseurs de papier qu'ils s'inscrivent dans une démarche de certification environnementale reconnue.

Imprimé en Espagne